ALDO

Ana Portillo

Información de la imprenta disponible en la última página

Fecha de revisión: 08/04/2015

Para realizar pedidos de este libro, contacte con:
Palibrio
1663 Liberty Drive
Suite 200
Bloomington, IN 47403
Gratis desde EE. UU. al 877.407.5847
Gratis desde México al 01.800.288.2243
Gratis desde España al 900.866.949
Desde otro país al +1.812.671.9757
Fax: 01.812.355.1576
ventas@palibrio.com
707023

Agradecimientos.

A mis padres, que a su manera,

siempre me han apoyado en todo.

A mi familia,

que quiero mucho a pesar de no convivir como debería.

A mis amigos,

ellos saben quienes son y aunque nos hemos distanciado,

saben que los aprecio.

A quien nunca creyó en mi,

me dijo que fantaseaba y siguiera la corriente.

Introducción.

Para comenzar, este es mi primer libro, a excepción del green bow, el cual no es un libro en si, sino una introducción. En este mi primer libro, hablo de la vida de Aldo Dionisio, un hombre muy atractivo y bastante despistado, pero que, a pesar de todo, sale bien librado de cada situación inesperada. Sin más, los dejo con la lectura.

Aldo Dionisio Chávez, si, así se llamaba, podemos comenzar por ahí.

Total, Aldo Dioniso estaba una mañana tomando el café cuando el teléfono suena. Al levantarse a contestar, ve que dejó prendida la estufa con la olla echando vapor, dudó un segundo que hacer primero, si contestar o apagar la estufa (El teléfono estaba enfrente a un lado). Bueno? Si, Aldo buen día. Buen día, quien es? Eleazar, el encargado de recursos humanos de Feles (Nombre ficticio, si alguna empresa se llama así, es pura casualidad). Ah, si dígame. Es que acabo de revisar su hoja de vida y me parece que es lo que necesitamos en nuestra empresa. Aldo Dionisio casi se desmaya con la noticia. Este, si, que necesito hacer?

Venga mañana a las 9 y aquí hablamos. Pe. Pe. Perfecto, ahí estaré. Si, lo esperamos y bienvenido a Feles Aldo. Gracias.

Dió un gran salto y un grito sordo antes de colgar, el cable de estira y se cae el teléfono que estaba pegado a la pared.

Intenta levantarlo, pero la cocina estaba llena de vapor y mejor se giró para apagar la estufa. En eso la alarma de incendios comienza a rociar agua por todas partes.

Se seca y se cambia de ropa, le daban ganas de quedarse en la cama todo el día, debido al mal inicio, pero igual salió a hacer sus deberes rutinarios, los cuales no eran muchos, dado que vivía solo y comezaba mañana a trabajar. Comprar el pan, visitar a su amigo, pasear por ahí, regresar. Esa era su rutina hasta hoy.

Aldo Dionisio era bien parecido, joven, estudiado, le gustaba vestir y arreglarse bien (moderno-formal). Cuando salía a hacer su rutina, algunas mujeres que trabajaban por donde el pasaba, suspiraban o volteaban a verse entre ellas con una risita tímida. No, Aldo Dionisio no era tímido, lo contrario. Lo que pasa es que era tan despistado que no se daba cuenta de lo que pasaba a su alrededor.

Cuando su amigo se desocupó (Trabajaba de freelance en llamadas de encuesta de servicio otorgado por ciertas empresas, luego llenaba formularios online y los mandaba). Oye, Harry. Espera, dame un segundo a completar el formulario. Ahora si, que hay. Harry, es que no se, me siento raro. Sabes, estoy casi en los treinta y siento que he fracasado en la vida.

Como fracasado? Si eres todo un adonis hijo. Adonis, muy gracioso. Si no he tenido nada con ninguna mujer hace años. Mmm ya veo. Harry, enserio, hoy en la mañana me di cuenta por que desde que me desperté todo ha ido fatal, el teléfono, el humo, la. Espera, el humo? Como humo. Ah eso, es que dejé prendida la estufa con la olla del café y todo se puso nebuloso. Te sientes mal por un poco de humo de café? No manches deveras.

Ay no me entiendes, bueno, y tu dime que tal. Pues lo mismo mi estimado, contestar llamadas, hacer las mismas preguntas, mandar fomularios. El trabajo de mis sueños. Aja claro, dijo Aldo Dionisio. Enserio, es que piénsalo, estar en tu casa, en pijama, o desnudo si quieres, nomas unas llamadas y por la noche recibes tu bono. Bueno...

Mañana me tengo que presentar a Feles. Y a que vas a ir? Me acaban de contratar como supervisor técnico. Que buena onda mi estimado! Gracias. No suenas muy convencido. Si, lo estoy, he querido trabajar ahí desde que me gradué. Mmmm entonces por qué la cara larga y esa voz tan apachurrada?

Ah, es lo que llevo tratando de explicar desde el inicio! Ah si, el humo de la estufa.

Mmm eso no, bueno, tiene que ver, pero es que no se, llevo tanto tiempo viviendo solo, haciendo lo mismo. Me siento como vacío.

Dramas de hombre, dijo Harry. Si, serán dramas de hombre si quieres, pero necesito ese algo que me anime, y espero Feles cambie las cosas.

Aver Aldo, no se si te has dado cuenta, pero las veces que hemos salido he notado como levantas suspiros en cada chica que hay alrededor. Algo que todo hombre quiere, incluido yo.

Suspiros? Yo? Claro. Aldo Dionisio, es cierto, créelo, como amigo te lo digo. Si eso fuera cierto, orita tendría novia, amigas, incluso amante si se me diera la gana. Uff, piensa lo que quieras, pero lo que si se, es que al menos 4 chicas de la cuadra se mueren por hablarte, pero como eso que pasas sin mirar, pues les da corte. Harry, Harry, no será acaso que son tus admiradoras, pero como tu prefieres quedarte en casa a contestar llamadas en estado de desnudez, prefieres dejarlas de lado? Ja ja, si yo tengo mi novia hermosa. Si, Marina. Si ella, que por cierto mas tarde viene, (Ve la pantalla de la laptop, mira un pendiente nuevo) Espera, debo hacer esta llamada. Bueno.

Señora Fernandez, hablo de auto partes, para verificar la calidad del servicio otorgado. Me permite hacer un par de preguntas?

Harry, me voy, suerte con Marina. (Harry sonríe y hace un check con las manos).

Aldo Dionisio se queda pensando en lo que Harry le dijo acerca de las chicas que suspiran, por lo que al ir caminando regreso a casa, lo hace despacio y volteando a todos lados. Nota como algunas mujeres lo ven fijamente, luego al notar su mirada, se voltean sin disimular. Cualquiera pensaría que si, en efecto, suspiran por uno, pero Aldo Dionisio lo único que pudo pensar es: Se me antoja un té con apio.

Una de las mujeres, Eva, quien lo miraba desde un segundo piso: Eres tan guapo, y mira como caminas. Aaah tu estilo me tiene loca. Voy a averiguar como te llamas, donde trabajas, donde vives. Pero mientras me conformo con mirarte por la ventana. Eva tenía 19 años, iba a la universidad por las tardes, por lo que aprovechaba para mirarlo por las mañanas y en las tardes contarle a sus amigas del hombre precioso. Ellas estaban un poco cansadas de siempre oir la misma cantaleta: Es que es tan guapo, hoy pasó y traía su camisa azul. blah, blah.

Al llegar a casa, descubre que dejó su celular sin cargar en la encimera. Fue por el cargador y lo prende. Descubre que su amigo Harry le mandó un mensaje: Hey, dice Marina que a las 7 pasamos por ti, para celebrar tu último día de vago, va a llevar amigas. Ok, intentó responder, pero se había quedado sin saldo (Por el momento tenía un modelo viejo, el smartphone previo se le había caído en la masa de pastel). Se pone a hacer unas flautas para comer y luego se recuesta en el sillón un rato.

Como aún le quedaba un poco de dinero guardado de su anterior empleo, sale a comprar algo de ropa para su nuevo trabajo y para su reunión "despedida" de la noche. Como su coche estaba en el servicio, andaba caminando a todos lados, vuelve a pasar por rumbo a casa de Harry y en eso Eva va saliendo de su casa a la universidad. Su casa queda en esquina, Aldo Dionisio iba caminando por la acera contraria a la que Eva, entonces Pum, chocan y se tropiezan. No, no se caen papeles ni nada parecido, solo chocan y siguen caminando. Eva se queda perpleja y duda si ir a hablarle o llegar tarde. En eso que voltea, ya no está. Había cruzado la calle y dado vuelta. Una señora X mira a Eva: Esta bien señorita? Si, si, y se va. Ay estos jóvenes, suspiró la señora.

Ya que Aldo Dionisio tiene su ropa nueva, regresa a casa a darse un regaderazo, lavar todo lo nuevo y alistar todo. Por todo, me refiero a recoger el teléfono, barrer, alzar cama, limpiar la casa, vamos. Sabía que Marina es de las que le gusta entrar y quedarse un rato aunque solo vaya de pasada. Ya con la casa lista y recién bañado, va a la cocina por un poco de té con apio. No pudo resistir el antojo de hace rato. En eso tocan la puerta, pasen! mientras el se tomaba el té. Señoritas, pasen, están en su casa, dijo Harry. Gracias caballero, dijo Marina. Mientras Sandra asentía con la cabeza. Oh por Dios!! chicas, emmm un segundo por favor. Aldo, ven acá, y lo lleva al cuarto. Aunque sea deja saludo no? No! ya te viste?

Que tiene? (Se mira al espejo) Bien peinado, buen aliento, que más? Me refiero a la ropa. Oh, un segundo en lo que arreglo esto. En lo que Aldo dionisio se cambia, Harry se queda supervisando su nuevo guardaropa. Muy bien mi estimado, y por favor, a la siguiente que sepas que alguien viene, recuerda vestirte propiamente, no una pijama de smileys. Ok, acepto que se me pasó, luego del baño estaba tan antojado de un té de apio que se m. (Ni lo dejó terminar de hablar). Bueno si, ya así déjalo. Te ves bien, vamos, Sandra te espera. Sandra? Si, la amiga que te dije. Aah. Seguro me veo bien? Si, y por favor no lo arruines. Claro que no.

Salen del cuarto y encuentran a las chicas, tomando del té que Aldo Dionisio había preparado. Que rico está, dijo Sandra, me encanta el té de apio, no es muy común que alguien tome esto sabes? Lo se, Aldo es un poco inusual, pero es muy agradable, ya verás, dijo Marina. Y guapo, seguido de un mini suspiro, replicó Sandra. Aldo, hola como estás? Mira, ella es mi amiga Sandra, va a venir con nosotros. Hola mucho gusto.

El lugar era una tipo-granja en la ciudad, era un café con música country, los asientos eran bancos de piel, con todo y pelo, la barra era rústica, hecha de un gran tronco. Todo iba bien, no ha habido metidas de pata ni nada por el estilo.

Hablan entre los 4 un rato, en eso Harry y Marina se levantan a bailar un poco a ritmo de 8 segundos, Marina dando vueltas y Harry moviendo los pies, eso sí, nunca se soltaron las manos. Aldo Dionisio mira a Sandra y sonríe, Sandra le dice: Sabes, eres muy guapo. Vaya, no pensé que fueras a decirlo tan pronto. Bueno, normalmente no lo hago, pero es que no puedo evitar sentirme un poco ruborizada. No te preocupes, yo también estoy un poco ruborizado. Ambos sueltan una risita. Vamos, dijo Aldo. En eso termina la canción y la gente del lugar comienza a aplaudir a ritmo de caballo dorado. Si, el típico no rompas más, Marina agarra a Sandra y los 4 forman una hilera enfrente para bailar. Justo antes que empiece la bailadera, aparece un grupo de chicas en la entrada y una de ellas grita, corramos antes que se llene la pista! y se forman todas en la parte de atrás y comienzan a moverse a la derecha.

En medio del baile, Aldo Dionisio voltea hacia la parte de atrás nomás por que si, y ve a la chica con la que se topó a medio día. Agacha la cabeza en modo perdón, por que no se había disculpado por ir tan despistado y chocar, se sintió avergonzado. Harry: Todo bien? Si, excelente. Le da una palmada mientras siguen bailando.

Hasta el momento Eva no se había dado cuenta de que estaba en el mismo lugar que Aldo Dionisio. Los 4 van y se sientan de nuevo y piden unas bebidas. Aldo: permiso, ya regreso. Se levanta y busca con la mirada la mesa de la señorita. Se acerca y dice: Disculpen chicas, creo esta mañana me topé con una de ustedes y quería pedir perdón. Todas lo miran y ninguna dijo nada. En eso, Eva gritaba por dentro y dijo: Eras tú? No te reconocí. Si, solo vine a pedirte disculpas, es que he andado muy distraído últimamente. No te preocupes, está bien. Bueno, eso era todo, nos vemos. Si adiós, dijo Eva. Bye, dijo Thalía.

Que fue eso amiga, ah? Eva se queda muda y se toma su sunrise de un shot, luego tose. Eso, es "EL" y estoy que me muero. No me digas que es del que tanto hablas? Ay que si, no ves como se puso? Aparte ahora que lo veo, no está nada, pero nada mal. No es por incomodar, pero creo no debes hacerte mas ilusiones Eva. Por que lo dices Thali? dijo Roberta, es que mira, viene con alguien. Ay tu y tus cosas, que tal si apenas se están conociendo, si es su hermana, o yo que se? mmm mejor me callo pues. En eso Aldo Dionisio agarra de la mano a Sandra y Eva se queda mirando.

Eva, vamos, mesero, traiga otro de esos. Vamos a tranquilizarnos amiga. (Aldo Dionisio y los otros 3 hablando normal, agusto). Ya con nueva ronda de bebidas, se ponen todas a consolar a Eva, por que saben lo loca que estaba por el. Eva solo pudo decir: es tan perfecto. No lo ven? vino hacia acá solo a pedir perdón por haber tropezado conmigo, y eso que ni me conoce. Si, lindísimo, dijo Roberta. (Las otras 3, si!). En eso Mía dice, y si vamos al boliche? Que? Boliche? Para que o que? Ay bueno, olvídenlo, solo quería ayudar sacando a Eva de aquí. Si tiene razón, vámonos. Pero, al boliche? Bueno, el boliche no, fue lo primero que se me ocurrió, ok? Pero yo no me quiero ir! Quiero quedarme aquí, donde él está. Amiga, pero, mmm (Susurra: Cómo te digo que está con otra) mejor vámonos. Si, vámonos. Ay bueno pues, lo que las señoras digan! piden la cuenta y se van.

Harry estaba un poco emocionado, por que hasta el momento Aldo no había hecho o dicho nada que pudiera ser humillante. Aldo y Sandra van de nuevo a la pista, Harry y Marina los miran y hablan de lo lindos que se ven juntos. Marina emocionada, por que parece ser que había formado su primera pareja, sobretodo tratándose de Aldo Dionisio, su amigo guapo e intocable. La banda se despide y ponen pista de audio. Era Lee Brice, con Hard to love. En eso Harry comenta: el himno de este tipo (Aldo) mi vida. I'm hard to love, hard to love and I don't make it easy, se pone a cantar Marina. Harry le sigue, mientras ponen una sonrisa y los miran. Sandra dice: Aldo, nos están mirando. Déjalos, sigamos en lo nuestro (se pega a ella, la abraza y bailan lento). Y cuéntame de ti, dice Aldo Dionisio. Mmm pues recién terminé la carrera de enfermería, en 2 meses tengo plaza en el hospital del norte, 1 hermano, vida normal. Que hay contigo? Pues mira linda, yo terminé de estudiar ingeniero técnico hace un par de años, trabajaba para mi tío como prácticas, vivo solo como te diste cuenta, mañana comienzo a trabajar ya formal. Ah muy bien, interesante, y lo agarra fuerte.

Al salir del lugar, van a casa de Marina, Sandra se quedó a dormir ahí. Harry y Aldo se regresan en el coche de Harry y cuando llegan donde Aldo, Harry se queda mirándolo fijo, Que? dijo Aldo. Y? Aaah no pues si, es linda, me cayó muy bien, pero no. Cómo que no? es tu mujer!

Te repito: es muy guapa, muy agradable, parece sincera, me encantó su sonrisa, pero no sentí esá conexión, tu sabes. Ay no, usted se va a quedar solterón señor. No sientes esa "conexión" con nadie. No es eso, es que no estoy ya para andar ay nomás jugando a salir con niñas. Bueno, te dejo descansar, piénsalo y luego me dices, seguro que ella le gustaría salir de nuevo, pero ahora solos los 2. Bye. Si, cuídese.

Por la tarde del día siguiente Marina llama a Harry y le pide que le pregunte a Aldo Dionisio si vió la nota que Sandra le había dejado en el bolso de la chamarra. Así lo hizo, lo que no recordaba es que era su primer día de trabajo. El celular sonó y Eleazar estaba presente. Solo lo miró y no dijo nada. Tuvo que apagar el celular y seguir con su entrenamiento.

Y por acá están los de finanzas, como puedes ver, tenemos cada área separada para evitar conflictos y confusiones. Ya hemos terminado con el entrenamiento, ya conoces la empresa, ahora vamos a tu área a que te instales.

Chicos, aquí les dejo a Aldo Chávez para que lo pongan al corriente. Claro que si, dijo un empleado. Bienvenido, dijo otro empleado. Hola, dijo Aldo Dionisio. Pues mira, Aldo, verdad? Si. Mira Aldo, ahora estamos en proceso de cierre y entrega, para que veas como se hace, creo eso es lo único que queda hacer por hoy, ya mañana entregamos esto y comenzamos con un nuevo proceso, que incluye configurar los nuevos materiales y armar un nuevo modelo. Ok, perfecto.

Mientras Aldo seguía mirando el cierre, Eva pensaba en lo ocurrido la noche anterior. Recordó que lo vió con otras personas y pensaba donde había visto a su amigo. Claro! el chico que vive a la siguiente cuadra! se pone sus balerinas y va a su casa (Era viernes y había salido temprano de la uni, solo presentó un éxamen). Toca la puerta y abre Harry. Hola, emm, no me conoces, y la verdad es que. Oh, estoy muy nerviosa para esto. Aver, que pasa, sale Harry y cierra la puerta. Mmmm es que mira, ayer estaba en donde mismo que tu y tus amigos y quería saber si. Ah ya, me preguntas por Aldo no? Se llama Aldo? Si, si es que te refieres a mi amigo de ayer. Si, es él.

Aver dime. Bueno, es que, llevo tiempo mirándolo y ayer por la mañana nos topamos por la calle y luego que lo veo ahí. Entonces quería que tu me dijeras si la chica de ayer es su novia. Ok, mira, te contaré, pero no digas que fuí yo. Lo prometo. Ayer salimos mi novia, una amiga y Aldo, por que hoy es su primer día de trabajo después de mucho tiempo y estábamos festejando. La chica que dices es una amiga de mi novia, que invitó para que el no estuviera solo, si me explico? Y pues apenas se conocieron y al parecer se cayeron bien, pero creo el no quiere nada más con ella. Ah, y en donde dices que trabaja? Mmmm eso si ya no, si te vuelves a topar con el le preguntas, no puedo decir esa clase de cosas. Ya veo, no me he presentado. Soy Eva Urquidi, tu vecina, vivo en la esquina de la cuadra de allá (Señalando). Muho gusto Eva, yo soy Harry Ortiz. Mucho gusto. Bueno, la verdad es la primera vez que hago algo así y estoy un poco nerviosa, creo que lo notaste. No te preocupes. Bueno eee, me voy y muchas gracias. Nos vemos vecina. Adiós vecino.

Harry entra y cierra la puerta con doble llave. Se agarra la cabeza en forma de "yes" apaga la laptop sin importarle si hay más llamadas de servicio que hacer, y se va directo a Feles a esperar a Aldo Dionisio que salga (Eran las 5 y el salía hasta las 7, así que se estuvo esas 2 horas ahí sentado afuera).

Ya comienza a salir el personal y se para esperando ver a Aldo. Ya sale y se despide de sus nuevos compañeros. Hey que haces aquí? Vámonos, debo decirte algo. Aldo Dionisio se preocupó, pensó algo grave había pasado. Los compañeros los vieron saludarse y subirse al carro y pensaron otra cosa. Que pasó? No te asustes viejo, es que hace rato, bueno 2 horas fue esta chica a mi casa. Cual chica? Con la que hablaste ayer. Sandra? No, no ella, la otra, a la que te levantaste con sus amigas. Ah enserio? Si viejo y te vas a sorprender, pero fue y me preguntó por ti, que como te llamas, donde trabajas, en fin.

Vaya. Si, y la verdad estaba celosa de Sandra, por que me preguntó si era tu novia, que si te gustaba y eso. No se, pero no te creo. Deberías, por que así fue. O crees que me voy a venir a esperar 2 horas sentado afuera, sin saber tu hora de salida para nada?

Enserio? 2 horas? Si enserio, es que me acabas de decir que te sentías vacío, que no tenías novia hace rato, y mira, aparecen 2 prospectos en una sola sentada! Y lo mejor de todo es que es nuestra vecina, vive a una cuadra de mi.

Si lo se. Y cómo lo sabes? Es que me topé con ella cuando fui a comprar unas cosas y pues vi que había salido de ahí. Aaah aah. Ya está, ve a visitarla. Que? no ni loco. Bueno viejo, entonces no digas que nadie te pela, que estás muy solo, ni cosas similares. Ella está que babea por ti, debe ser de las que te miran cuando vienes (Iban llegando donde Harry).

Pasan varios días y Aldo Dionisio solo se preocupaba por llegar a tiempo al trabajo y aprender los procesos que llevaban. Ya le había tocado diseñar una pieza y elegir el material.

Despertaba, se alistaba, iba al trabajo, llegaba a casa, comía algo, un poco de tele y a dormir. Parecía robot, pero era sólo mientras se acostumbraba a su nuevo estilo de vida.

Por otro lado Harry extrañaba a su amigo, ya que diario iba a visitarlo y aunque no hablaran mucho por sus llamadas, estaban juntos. Al siguiente sábado, Harry se decide y va donde Eva, y le pregunta si le gustaría una cita con Aldo. Ella encantada.

Aldo Dionisio y Sandra ya no volvieron a salir, pero se escribían por el face y por textos, como buenos amigos.

Aldo Dionisio, como es costumbre, seguía de patoso. No estaba orgulloso de ello y mostraba ser totalmente diferente. Los otros amigos lo llamaban para quedar por las tardes, pero Aldo estaba cansado por su trabajo, o si no, estaba tratando de arreglar algo que había roto o cosas similares. Al único que siempre seguía en conacto era Harry, eran mas que amigos, hermanos. No les importaba si estaban enfermos, ocupados, felices, tristes, siempre buscaban un momento, aunque no hablaran. Una prueba de su gran amistad, fue que Marina había roto con Harry y el estaba muy triste. Aldo Dionisio, aunque no era ni correcto, ni moral, fue donde Eleazar a pedir el día libre, mintiendo acerca de otros asuntos, para poder ir con Harry en su momento. Por poco y no se lo dan, pero se le ocurrió la grandiosa idea de decir que si no se lo daban, renunciaba. Si, eso le dijo a quien lo acababa de contratar hace apenas unas semanas, y a quien le dió el trabajo al que siempre había aspirado. Eleazar se lo pasó por esta ocasión y le dijo que si era tan importante la cuestión, le daba el día libre, pero que no lo volviera a hacer.

Ya donde Harry, mientras el hablaba de todos los momentos que había vivido con Marina, Aldo baja a abrir la puerta y encuentra que es Sandra, la cual iba de mensajera de Marina a entregare las últimas cosas que había dejado en su casa. Pasa Sandra. Gracias, se supone solo debo entregar esto e irme, pero me quedaré un rato. Si anda, estamos arriba.

Harry la ve entrar y dice: Ay no, no la dejes entrar, seguro irá con ella a decirle que me vio llorar. No te preocupes, no le diré nada, me imagino como te sientes. Ni te lo imaginas, ni quieres hacerlo. Bueno pues no, pero el hecho que sea su amiga, no significa que no pueda ser tuya también. Se que terminaron mal, pero sabes que aquí estoy y que soy imparcial. Si viejo, dijo Aldo.

Pasó el tiempo y Harry estaba mucho mejor, seguía hablando con Sandra, al igual que Aldo. De repente algún fin de semana que Aldo Dionisio tenía libre, pasaba por casa de Eva y charlaban a ratos. Ella cada vez se enamoraba más de el, a pesar de haber notado ya lo patoso que era, hasta tierno se le hacía. El no lograba enamorarse, a pesar de desearlo, pero como dicen, uno no lo elige, lo sabe y ya.

Un lunes en el trabajo, estaban todos viendo la nueva versión del solid works, las nuevas funciones y como manejarlo. En eso, Aldo Dionisio mira hacia la puerta abierta y ve una silueta curvilínea, Esteban dice: No te lo recomiendo. A qué se refiere? A la chica, no. Ah, no, yo no estaba... Y siguen con las computadoras, todos bien serios.

Se oyó una voz que dijo: Muy bien, se ve sencillo, no hay mucha novedad por aquí, podemos seguir la misma regla y para el nuevo modelo utilizar la nueva función de corte. Benditas las impresoras 3D, contestó Esteban. Si, son una maravilla, dijo Alan, el encargado de área. Hagamos un prototipo rápido, veamos si el corte queda. Chávez, haga el diseño del aspa escala 8, Esteban, dele formato y profundidad, Alonso, detalle y haga la impresión, debo hacer unas gestiones y cuando regrese debe estar listo.

Aldo Dioniso quería mandar un mensaje a Esteban preguntando que quén es la chica "prohibida", pero todas las computadoras estaban conectadas entre si y se podía ver si alguien salía de tema. Se puso a hacer el diseño, pero por estar pensando, lo hace a otra escala, no en la mujer en si, que por cierto ni alcanzó a ver bien, si no por el misterio. Cuando le pasa el archivo a Esteban, éste ve la irregularidad y se lo regresa, Aldo lo borra y comienza de cero diciendo que no volverá a pasar.

Pasan 40 minutos en lo que Alan regresa a Feles y todavía no estaba listo el diseño. La chica curvilínea baja a la entrada y habla con el, le dice que tiene una llamada en recepción. Ambos van a recepción y la chica le dice que espere. A Alan se le hace extraño, pero igual lo hace. Le dice rápido a la recepcionista que finja haber recibido una llamada para el, que resulta que colgaron y que lo entretenga un minuto. Así lo hizo y en eso ella sube y les dice a los técnicos que Alan está abajo, que le apuren. Lo bueno es que en eso que entra, Alonso ya estaba detallando la impresión. Aldo Dionisio le agradece a la chica, ella sonríe. Esteban le da una patada por debajo de la mesa y hace un gesto negativo. Ella se va y en eso Aldo pregunta que cuál es el tema con ella. Nadie responde. Entra Alan diciendo: Ah estas recepcionistas locas. (Al "entretenerlo" no se le ocurrió otra cosa que hablarle de temas embarazosos, como los piojos).

A la salida de la jornada, Aldo detiene Esteban y le pregunta seriamente acerca de ese misterio. El solo le dice: Mira hijo (Esteban era un señor en sus cuarentas, muy profesional y con años trabajando en Feles). Hay cosas que están bien y otras que no, hablar con ella es de las que no. Te lo digo por tu bien y por favor, no le des mas vueltas. Está bien, entiendo. Pero igual se quedó con la duda. Se me olvidó mi celular en la oficina, voy por el y ya salgo. Bueno, nos vemos mañana Aldo. Si, hasta mañana. Ya casi todo el personal había salido, se topó con Eleazar por recepción y dijo: Todo bien muchacho? Si, solo me olvidé el celular. Ah muy bien, mañana nos vemos. Nos vemos, hasta mañana. En lo que va subiendo las escaleras, la chica misteriosa comienza a bajar y saluda a Aldo. Buenas tardes. Buenas tardes, responde, sigue caminando. En eso ella se regresa y dice: Eres nuevo verdad? Aldo Dionisio no sabía si responder o no, volteó a ambos lados y al ver que ya no había nadie, dijo que si. Bienvenido seas, te va a ir bien, verás. Gracias, buenas tardes. Veo que eres muy serio. No, lo que pasa, es que, bueno, me dijeron que no debía hablar con usted. Ah, ya veo. No te preocupes, que soy inofensiva, pero aquí mi papá es algo celoso y cree que si hablo con alguien voy a terminar en otra situación, si me explico. Si, entiendo. Entonces será mejor dejarlo aquí, me dio gusto conocerla. A mi también, me llamo Susana. Mucho gusto Susana, hasta luego. Bye.

En eso entra a la oficina, recoje el celular y se va a casa. Quién será su padre para ser tan celoso?

Pasa la semana sin gran novedad. El sábado Aldo Dionisio queda con Harry y otros amigos, puros hombres, que hace tiempo no ve para ir de acampada, ya que era festivo, fin de semana largo y no se laboraba.

Se levanta temprano, se alista y comienza a guardar sus cosas en una bolsa deportiva. Caña de pescar, unas lonas, papel de baño y otros artículos básicos para todos, sleeping, pantalones, playeras, calzones y calcetines. Se lleva puestos los tenis y en una bandolera de piel llevaba sus botas, un chaleco, un gorro tejido, su cartera, unos lentes de aviador, unos miralejos y un kit de primeros auxilios (Uno nunca sabe lo que pueda pasar). También llevaba un par de cubetas, una de plástico y una de metal.

Harry por su parte, llevaba sus cosas personales, unos enlatados, sandwiches ya preparados y un disco para cocinar. Ernesto llevaba bebidas, unas verduras, un par de duchas solares de bolsa y las tiendas de acampar. Jorge llevaba la tecnología; gps, generador eléctrico solar, una pistola pequeña con 2 juegos de balas por si acaso y Omar llevaba unas cobijas, un kit de costura, 2 hieleras y las cosas para cocinar (Platos, cubiertos, vasos, tabla de picar, palas y cucharones).

Se fueron en el auto de Ernesto, un jeep Sahara al que le pusieron una traila con redilas atrás para guardar las cajas con las cosas.

Al llegar notan que hay otro grupo de personas que pensaron igual que ellos. Era una journey blanca de 3 filas de asientos, una traila y había un juego de jardín armado, pero no había alguien alrededor.

En lo que ellos bajan las cosas, arman las tiendas y alistan todo, Aldo Dionisio escucha una voz familiar: Muy bien, comamos algo antes de ir a aquel lado a pescar. Voltea y ve que es Eleazar (Que casualidad tan casual). Amor, trae la carne yo aquí armo el asador. Aldo Dionisio se agacha bajo la tienda, saca de la bandolera su gorro y sus lentes y se los pone. De nada le sirvió, por que en eso Jorge grita a todo pelo: Eh Dionisio ven aca! Obviamente Eleazar, su esposa, su hija y su amiga voltean. Harry dijo: Esos lentes que? si estamos a la sombra de estos árboles (Se los quita). Aldo Dionisio le hace una mueca que vea quién está allá y nomás se queda así de ups, perdón. Aldo que casualidad! Mira mi amor, Aldo uno de los nuevos empleados. Hola mucho gusto. Mucho gusto señora. Seguro ya has visto a mi hija rondar por la planta, Susy ven, mira. Aldo, hola. Que tal.

Veo que ya se conocen. Si papi, una vez nos presentamos cuando nos topamos en las escaleras. Ah muy bien (La agarra del brazo y la jala) Que te dije de hablar con los empleados, le susurra. No ha pasado nada, solo nos presentamos y ya. Bueno eh.

Los invitaría a una carne asada, pero son muchos y creo no alcanza. No se preocupe, nosotros traemos nuestra comida. (Una gran risa se escucha del otro lado) Era el simple de Omar, que andaba de gracioso, jugando con unos tubos. Me da gusto verte por acá hijo, aver si mas al rato nos encontramos de nuevo. Si, claro. Me voy a terminar de alistar las cosas. Provecho. Gracias, dijo la señora.

Ya está todo listo, comen unos sandwiches y se van a caminar por el sendero.

Todos llevan unas bebidas en sus bolsos y mientras andan vagando por ahí, van tomando. Unas horas después cuando va comezar a oscurecer, regresan todos riendo a su campamento y se meten en la tiendas, las cuales habían unido para formar una sola mas grande. Hacía un poco de frío, Harry sale por las cobijas y sleepings y ya entre todos acomodan y se tapan. Prenden el generador, que se había estado cargando toda la tarde con el sol y lo ponen enmedio de la tienda. Con una de las latas que se habían tomado, se ponen a jugar según ellos "verdad o reto", recordando su adolescencia.

Pura pregunta estúpida; Cuántos años tienes? Hace cuánto no lo haces? Ultima vez que la jalaste? Tomas café por las mañanas o despiertas bien? Cuál fue el último videojuego que jugaste y cuándo? Qué opinas acerca de la política intercontinental? Has visto los Simpson? Cosas por el estilo y en todas y cada una se atacaban de risa, ninguno quiso poner retos, por que en el campo no es lo mismo.

Luego de la serie de preguntas, salen ya a oscuras y se ponen a cocinar un guisado con frijoles puercos de lata y cebollas asadas, ya se imaginan. Estaban ahí a medio ver y Ernesto se sube al jeep a prender las luces. En eso Aldo Dionisio va y saca el generador de la tienda y al salir, se le enreda el pie en una cobija y sale rodando hasta casi chocar con el disco caliente.

Todos estaban medio alegres y solo soltaron la risa, incluido Aldo, que por cierto se queda ahí tirado en el piso riendo y luego se queda dormido. Al cabo el calor del disco lo mantuvo bien.

Eleazar y su familia regresaban de pescar, traían unas linternas y una hielera llena de pecesitos. La señora dice: Qué es ese olor? Susy le responde que es lo que los muchachos cocinaban. La amiga, Alma: Pues no se que sea, pero huele bastante... Susy y ella al mismo tiempo: Mal. Si huele, pero déjalos, ellos sabrán, vamos a domir, supongo todo estamos cansados, dijo Eleazar. Dejan los peces en la mesa del juego de jardín, la señora saca unas camas inflables y se pone con un compresor a inflarlas. Mientras, Susy y Alma bajan los asientos de la camioneta y Eleazar busca en las bolsas unas pantuflas y las sudaderas para todos y asegura que todo esté bien cerrado. Entre todos acomodan las camas y se meten a dormir. Estaban acomodados en paralelo a las puertas, Eleazar, la señora, Susana y Alma, todos con una misma cobija.

De noche en el campo cualquier sonido, por mas bajo, se intensifica. Imaginen que los muchachos seguían riendo, gritando y cantando a eso de las 2 de la mañana. De todos modos eso no impidió que Eleazar y familia durmieran, todos estaban bastante cansados. Se escucha un aullido y en eso Aldo Dionisio despierta, a eso de las 3. Omar estaba sentado enseguida, agarrando del poco calor que quedaba del disco. Aldo dice: Escuchaste los lobos? Ay lobos, jaja, si vienen me los echo de un guantazo (hablando borracho). Eh Jorge pásame la pistola.

Y eso por qué? no hay nada. Mmm bueno pues, yo voy. Va y busca en las cajas de la traila.

Que haces buddy? Busco la pistola. Deja te ayudo, y se pone a buscar también. Sabes, te amo buddy, eres el mejor. Yo también te amo Har (Harry intenta besar a Aldo). En eso Ernesto aparece diciendo: Que hermosa escena caballeros! Aver, quiero ver mas acción. Aldo Dionisio responde: Acción quieres, acción tienes, y le planta un beso a Harry. Ninguno de los 2 sabe como reaccionar y se quedan ahí nomás. En eso Ernesto dice: Yo también quiero, no sean egoístas. y Harry se voltea y lo besa. Se separan y dice: Eso si estuvo bueno, no como los besos aguados de la Karla. Aldo Dionisio se ríe intensamente. Omar se acerca riendo y dicen, escucharon mi chiste verdad? y todos así de: Eh? Si, estuvo buenísimo dijo Harry (Nisiquiera Jorge, que si lo escuchó soltó un sonido). Gracias, gracias público barbero. Jorge se había metido a la tienda, tenía frío y sueño. Hubo unos minutos de silencio, cuando en eso algo despierta a la señora: Eran los ronquidos de Jorge, sumamente estruendosos. Aldo le parece seguir oyendo aullidos, pero nadie los notaba. Todos se fueron metiendo a la tienda, dejando todo tirado y el generador encendido afuera.

Aldo Dionisio se queda como preocupado de que llegue una manada y les haga algo, así que se queda como búho atento a cualquier señal. Todos ya dormidos y al pobre Aldo le tocó quedarse recibiendo los gases y ronquidos de todos, pero no le importó.

Dicho y hecho, un lobo se apareció por el campamento. No hizo nada, solo olfatear y quedarse ahí. El olor de frijoles puercos con cebolla lo mantuvo quieto. Aldo ve la silueta del lobo a travez de la tela de la tienda y la luz del generador. Se queda pasmado y en eso cae que tiene la pistola en la mano. Así que, todo temoroso, pero sale, echa gritos y le apunta al lobo. La familia de Eleazar escucha los gritos y se despierta. Ven a Aldo solo con el lobo, Eleazar les dice a las mujeres que se queden dentro de la camioneta, agarra un palo y ayuda a Aldo a alejar al lobo. Ambos gritando y moviéndose, se dispara la pistola en uno de esos movimientos y el tiro da a un tronco viejo. Luego de un rato por fin logran ahuyentarlo.

Ninguno de los muchachos despertó, estaba cuajados.

Los 2 se quedan mirándose y Aldo Dionisio le agradece a Eleazar el gesto de bajarse del auto a ayudar. No es nada, dijo. Eres un buen chico Chávez. Usted cree? Si, lo he notado en este tiempo que llevas en el trabajo, y hoy lo confirmé al verte con tus amigos. Oh, este... No digas nada, solo quería hacértelo saber. Bueno, gracias, supongo. Le da una palmada en la espalda y le dice: Hay que dormir un poco, no tarda en amanecer. No, bueno, si tu quieres me quedo un rato contigo para ver el amanecer, te parece? Claro que si, no tengo problema.

Muy bien. Se van y se sientan un rato en el juego de jardin y charlan de cosas x, la familia de Eleazar ya se había vuelto a dormir.

Aldo Dionisio se queda mirando los peces. En eso comienza a hacer mas frío, Aldo va a la tienda por la bandolera y saca su gorro y su chaleco, le presta los guantes y una bufanda que encontró a Eleazar. Ambos se ponen a limpiar el desastre que dejaron los muchachos. Había frijoles esparcidos por todos lados, una cebolla quemada tirada, una cobija cubría el disco sucio. Quién sabe que tanto hicieron durante el tiempo que Aldo Dionisio estuvo dormido.

Comienza a aclarar y Aldo y Eleazar caminan un poco hacia un pequeño barranco para ver mejor el panorama. En eso se aparece Susy y Alma y los acompañan. Buenos días hijas. Buenos días papi, buenos días señores. Ah alma, el es Aldo, trabaja donde mi papi. Hola. Buenos días. Que tempraneras resultaron señoritas. Bueno, papi, es que con los gritos que tenían como va uno a dormir bien. Lo siento, dijo Aldo. No te preocupes, dijo Alma. Y tu mamá sigue dormida? Si, le pusimos la cobija doble por que hace frío.

Pasan un par de horas, la gente comienza a despertar. Aldo Dionisio se había quedado dormido sentado en el juego de jardín mientras platicaban luego de volver del barranco.

Sale Jorge de la tienda, ve a la familia y les grita: Buen día! Todos responden, menos Aldo. Se acerca y les pregunta si de casualidad habían visto a Aldo, que no estaba en la tienda. No dicen nada, esperando que se de cuenta por sí mismo. No se da cuenta, se molesta y se va a poner carbón para el disco. La señora y Susy se van a buscar para hacer el desayuno. Eleazar desinfla las camas mientras Alma dobla la cobija y las sudaderas.

Se ponen a desayunar, Aldo dionisio estaba cuajado en la silla.

Salen los otros chicos y ayudan a Jorge a preparar un guisado con carne, por la resaca y hervir agua para unos cafés. Harry se preocupa por que no ve a Aldo, pregunta por el y Jorge dice: Ah quien sabe, desde que salí no aparece. Cómo que no?! Budy está perdido! Voy a buscarlo. Te acompaño, dijo Omar. Vamos. Oigan no es necesario que vayan a buscar a Aldo, el está por allá, dijo Alma (Estaba caminando cerca de su campamento). Enserio? vamos a ver.

Se acercan y si, lo ven ahí dormido. Fiu, tremendo susto que mete mi hermano. Ya ves? no es para tanto, siempre aparecen, dijo Omar. Eleazar les responde que en la noche un lobo se acercó y entre el y Aldo lo espantaron, que por eso estaba con ellos. Wow, ese tipo! dijo Omar. Budy, Budy, que haríamos sin ti viejo. Dejarlo dormir, dijo la señora. Si, dijo Eleazar, nos estuvimos hasta que amaneció. Bueno, cuando despierte no lo mandan para que coma guisadito. Si está bien. Provecho. Gracias! dijeron todos.

Ya pasa un buen rato, todos han comido, los muchachos están ya en buen estado y Aldo se une a ellos.

Se van a caminar un rato y cuando regresan comienzan a guardar todo, a eso de las 2 de la tarde. Eleazar y familia seguían entre las veredas, luego bajaron el barranco. Ellos se iban a quedar un día más por allá. No hubo tiempo de despedirse de Eleazar, así que tomaron rumbo regreso a casa. Apenas agarraron carretera, todos prendieron sus celulares a ver si ya había señal. Nada. Iban bien serios durante todo el camino, la primera parada fue la casa de Aldo Dionisio. Bajaron las cosas y se estuvieron un rato. Harry le pidió que hiciera té de apio, por el frío. Parecía casa de muñecas, todos sentados al comedor, con sus tazas de té, frotándose las manos y platicando x cosas. En eso Aldo Dionisio se levanta, va a su cuarto, se cambia y se pone su pijama de smileys. Todos lo miran raro, luego siguen como si nada. Se terminan el té y se retiran.

Al martes siguiente, se levanta, se alista y se va a Feles. Todo normal, solo un detalle: Dejó la ducha abierta. Se acordó luego de hacer check in y sentarse frente a su computadora. Se levanta y se va casi corriendo de regreso. Cierra la ducha, se asegura que no se le olvide nada más y se regresa. En ese lapso,

Eleazar había ido a la oficina a preguntar por el y Esteban le cubrió la espalda diciendo que se encontraba un poco mal y se había ido al baño (Eleazar se le hizo extraño, dado que había tenido todo un día para recuperarse de la resaca, aparte, él sabía que casi no tomó.) Cuando regrese, dígale que lo necesito, que pase a mi oficina. Si yo le digo. Regresa corriendo, todo sudado y despeinado, Esteban le pasa el mensaje y éste corre a la oficina de Eleazar. Que pasó señor? La oficina estaba vacía. Se regresa a su puesto. Que pasa? todo bien? Pregunta Esteban. Si, eso creo, la verdad no se. Mmmm le responde Esteban. Alonso sólo los miraba, luego comentó: La tentación llama eh? Muy gracioso, dijo Esteban. Aldo Dionisio le dice: Pues la tentación estuvo con un servidor el fin de semana. Ambos callados con unos ojotes. Fin de la conversación. Alan regresa a la oficina y se ponen a trabajar. A la hora de comida, Alonso y Esteban dicen a voz baja que no creen que Aldo estuviera con la "tentación" se ríen y lo toman a loco. Alonso dijo que el primer día lo vió subirse muy cariñoso al auto de un hombre. Esteban no dice nada, pero se sorprende. Ambos piensan que es Gay y quiere demostrar que no, usando a Susy como tapadera. Lo que no saben, es que ese día el había quedado ir a comer con Eva.

Por la tarde no hay novedades, pero al día siguiente, como Eleazar no había logrado hablar con Aldo Dionisio, llama por teléfono a la oficina. Contesta Alan. Chávez, llamada. Si? Que pasó con usted Aldo, ayer al fin no nos vimos. Si, lo mismo me pregunto yo, que pasó?

Lo que pasa es que dejaste unas cosas tuyas en nuestro juego de jardín y quería regresarlas. Ah si, si quiere voy para allá. No te preocupes, mando a Susy que te lo lleve. Está bien, espero. Bye. Bye. Se escucha que tocan la puerta, Aldo se levanta, pero como Alonso estaba más cerca el abre. Sorpresa se llevaron cuando ven que es la "tentación" y preguntaba por Aldo. Se acerca y le entrega una caja pequeña, olvidaste tu gorro y otras cosas en la mesa, los lavé por que estaban llenos de tierra. Muchas gracias. Si, denada, nos vemos. Bye. Cierra la puerta y todos lo miran con tremendos ojos, entre sorpresa y admiración.

Aldo nota sus miradas y no dice nada, solo se sienta. En eso dice: Está bien, ya se, no debo hablar con ella, pero todo ha sucedido de una manera que siempre termina apareciendo ella. No es eso, dice Alonso, es que es sorprendente. Esteban: De verdad que lo es. Su padre es un celoso que a cada hombre de esta empresa que habla con ella, o lo corre o lo sanciona. Alan: Bueno señores! Todos se ponen serios frente a sus computadoras. No, no, hablemos del asunto, que no los asuste mi voz mandona.

Cof! (Alonso). Aver Chávez, queremos saber, dijo Alan. Esteban: Yo se que te asusté cuando te dije que con ella no, pero enserio, no se como hiciste, se que tu no eres de los que buscan problemas así nomas. Bueno, miren, la verdad, desde que supe que ella estabá "prohibida" lo deje. Lo que pasa es que una vez nos topamos en las escaleras y ella me preguntó si era nuevo, yo sólo le dije que si y seguí mi camino. No volvimos a hablar más, incluso si la veía a lo lejos la evitaba. Lo que pasó fue que este fin largo, mis amigos y yo nos fuimos de acampada, pero resulta que Ella y su familia pensaron lo mismo y acamparon justo al lado nuestro. Aja, dijo Alonso. Deja seguir, dijo Alan. Enserio chicos. Luego me di cuenta quién es su padre, o sea mi jefe. Me dió tanta cosa cuándo los vi llegar, que intenté esconderme en la tienda, pero mis amigos me descubrieron. Eleazar nos presentó, pero ella le dijo que ya nos habíamos presentado antes. Uy, esto se pone bueno, dijo Alonso. Esteban le da un zape.

Total, les cuenta de lo del lobo, el amanecer y que se queda dormido en su juego de jardín.

Hubo un pequeño silencio, en eso todos se ponen a celebrar el hecho de que Aldo Dionisio ha sido el primero en romper la barrera de los celos laborales de Eleazar hacia su hija.

Un empleado de otra área pasaba por ahí, escucha el vitoreo y abre la puerta. Ellos lo miran, él los mira, le dicen que "shhh" cierra la puerta y se va sin decir palabra.

Pasa el tiempo y Feles no volvió a ser la misma. Aldo Dionisio Chávez, había llegado a dar alegría y buen ambiente a Feles. Habló varias veces con Eleazar al respecto de su hija, de que nadie quería hablar con ella, por temor a ser despedidos o sancionados. Un día por la mañana, Eleazar cita a todo el personal en el primer piso, que era el área mas amplia para dar un mensaje.

Se sube al mostrador de recepción para que todos lo vean.

Buenos días gente, estamos reunidos hoy aquí, por que tengo un mensaje. Todos saben quien es mi hija, o han oído hablar de ella. Ella ha venido varias veces a Feles, veces las cuales ha estado observando como ustedes trabajan, sus funciones y desempeño. La gente comienza a murmurar. No se preocupen, no es una espía ni agente secreto. Simplemente estaba aprendiendo acerca de la empresa, por que a partir de hoy, se une a nosotros como gerente de personal. Para serlo, se debe conocer todo aspecto de la empresa, desde como se trabaja, hasta como se siente el personal, por eso la veían rondando por todos lados. Susy, sube. Buenos días, soy Susana Brennan, como dijo aquí Eleazar, mi papá, desde hoy seré su jefa de personal. La verdad estoy muy contenta, por que en el tiempo que estaba supervisando, me di cuenta de las cosas que fallan, las cosas buenas, los conocí mejor y la verdad es que Feles es una excelente empresa. Hay algunas cosas que deben cambiar, pero no se preocupen, que no va a haber movimiento de personal, todos seguirán donde están. Desde la semana que viene, habrá reuniones para dar notificación a quien mejor labora, a quien deba esforsarse un poco mas, y alguna que otra vez, haremos concursos o rifas.

La gente se pone contenta con las nuevas. Mhm!(Cof) dijo Eleazar. Debo recalcar una cosa. Por ahí supe que algunos pensaban que si hablaban con Susana, iban a ser despedidos o sancionados, eso no es así. Susana: Así es, lo que pasa es que durante mi etapa de observación debía estar al márgen, no podía haber vínculo, ustedes saben, para no involucrar amistades o rivalidades en el proceso. Igual pensarían que soy antipática, o grosera, pero no es así. Se darán cuenta con el tiempo. Eleazar: Pues bueno, eso es todo, pueden retirarse a sus labores, durante lo que queda del mes, se irá notificando los cambios realizados. El personal sigue murmurando en el buen sentido. Ya todos en sus labores de nuevo, cierran la puerta de la oficina, hablan al respecto y felicitan a Aldo, por haber hecho el proceso de observación un poco mas ameno. Estaban preocupados que ella fuera la sucesora de Eleazar y que resultara a ser mucho más estricto.

Pasan los días y se van haciendo los cambios planeados por Susana. Un viernes, cuando comienzan las vacaciones escolares, Eva y Aldo quedan para ir a cenar en casa de Aldo (El iba a cocinar, estaba nervioso de que no se le quemara o algo). Lo que no esperaban, era que A media cena iba a llegar Harry con una amiga, para presentarla a Aldo Dionisio. Fue un momento incómodo para todos. Harry por inoportuno, Aldo Dionisio, por verguenza, Eva, por "traición" y la amiga, Cynthia, por no saber que hacer. Igual se quedaron a cenar, ya que. Al final de la noche la sorpresa se la llevó Harry, por que quedó atraído por Cynthia (La había conocido por su mamá, es hija de una amiga del trabajo). Cupido quedó flechado. Al final el mismo Harry le explica a Eva que no tiene que preocuparse, se disculpa y va y se sienta con Cynthia en el sofá. Aldo Dionisio y Eva no perdieron tiempo, se fueron un momento a la parte de atrás de la casa y se besaron (Incluso se tocaron, bueno Eva tocó a Aldo). Harry por otro lado, se queda hablando con Cynthia, ella le comenta que al inicio se sintió mal, que no sabía que su amigo ya tenía novia, pero que su compañía no le era indiferente y le agarra la mano. Harry no sabe como reaccionar, ya tenía tiempo que no salía con nadie después de Marina.

A Aldo Dionisio no le agradó que Eva lo tocara, entonces la aleja y sin decir nada regresan a la sala, Aldo dice: Con permiso y se sienta entre Cynthia y Harry. Todos así de ?? Eva se queda parada enmedio de la sala, tose y dice: Perdón, creía que ibamos enserio. Aldo dice, lo siento. Harry: Aver, aver, que pasa aquí, disculpa Cynthia. No te preocupes.

Eva: Es que nos estabamos besando y de repente para, me aleja y se viene. Aldo, Aldo budy. No. Lo siento, Eva, podemos hablar? vamos a mi cuarto. Cynthia susurra: Así se arregla cualquier discusión. Harry le da una palmada a Aldo Dionisio y vuelve con Cynthia al sofá. Vaya noche eh? Si, pero en fin, lo bueno es que nos hemos conocido mejor no crees?

Bueno, eh, si, se acercan, Harry le agarra el cabello y siguen hablando de x tema.

Eva: Entonces, me traes aquí para hacerlo o para dejarme? dilo ya. Mhm, mira Eva, me gustas si. Pero? Bueno, es que no me gusta que haya tanta prisa si sabes, y me incomodó que me tocaras así. Uy el señor decente pues. Igual y si soy demasiado decente como tu le llamas, yo por mi parte digo que son valores. dime anticuado, decente o como quieras, pero si no hay nada serio, prefiero abstenerme. No me digas que eres vírgen. Este, no, no lo soy, pero no me gusta andar de puto por ahí. En fin, se que te gusto, que desde antes de toparnos me mirabas, ya me conociste, saliste conmigo, ya te quitaste la curiosidad. Eva: Entonces si me trajiste para botarme. No, no Eva, te digo que tu me gustas, me caes muy bien, pero no quiero formar una relación contigo, pero tampoco quiero que te alejes. Friendzone, si eso es, me mandas a la friendzone. Mhm así es, lo siento, pero es que aparte soy mayor y lo mas probable es que tu busques alguien con quien pasar el rato, divertirte, botarlo y buscar otro. Aver, me estás llamado puta? No, no lo veas por ese lado, digo que yo ya casi llego a los 30, tu estás comenzando los 20, hay una gran diferencia. Si lo dices por que crees que soy inmadura, puta, o lo que sea, pues no, pero allá tu. Creo que mejor me voy, ya fue suficiente. Y lo siento, pero no puedo ser amiga de alguien que me dice esas cosas. (Sale del cuarto, agarra su chamarra, bolsa y se va sin despedirse). Eva. Ay dios. Harry, calma budy, mañana la llamas o la visitas, mientras siga molesa es mejor dejarla.

Cynthia: Eso es cierto, nunca hables con una mujer enojada o herida. Oiga, es que la mandé a la friendzone y le dije que era muy joven para mi, pensó que la llamaba puta. Enserio? Con razón estaba así la pobre. Regla básica. Cynthia, mejor te llevo a tu casa si? No es bueno que veas esto. Bueno, está bien solo si me prometes salir otra vez. Claro que si. Bueno mucho gusto y lo siento por la incomodidad. No te preocupes, así pasa aveces. Cuídate mucho, bye. Bye. Al rato te caigo de vuelta. Si.

Prende la tablet y se pone a husmear las redes sociales, pone en el twitter: Confuso y soltero. Lo retwitean 30 veces en 5 minutos. Como acostumbraba subir selfies de cuando se alistaba por la mañana, el 90% de sus followers eran mujeres. Igual el no pelaba a ninguna, de repente hablaba con ellas, pero nada más. No, si hasta aquí siguen pensando que es gay, pues no.

La verdadera razón por la que Aldo es tan selectivo con las mujeres, es por que siente y sabe que nació en una generación no acorde a el. En donde las relaciones duran 1 mes, incluso menos, en las cuáles la mitad de ese mes, ya te están siendo infiel. Y el no quiere ni que lo engañen, ni el engañar, así que busca una mujer "de verdad" no un juguete temporal. Si, han llegado a gustarle algunas mujeres, incluso tuvo varias novias, pero su deseo de encontrar alguien que valga la pena, lo mantiene así. De adolescente, sus padres lo impulsaban a salir con chicas, y el lo hacía, pero se portaba medio antipático con ellas, por que ya sabía a lo que iban y no quería. Se enfrascaba en sus cosas y sus amigos hombres, los cuales a menudo no lo entendían, por lo mismo, por que rechazaba a las mujeres. Los únicos que medio lo entendían, eran los 4 con los que fue de acampada, pero quien de verdad, Harry. A pesar de que siempre trataba de encontrarle con quien salir, lo respetaba. Tampoco es que fuera tan exigente el Aldo Dinoisio, solo buscaba a una mujer centrada y divertida. Igual y ya la había encontrado, pero no se había dado cuenta, por lo despistado que era.

Bueno, Harry se había ido a dejar a Cynthia, luego a su casa por un cambio de ropa y sus cosas de aseo personal. Se regresa donde Aldo y se quedan toda la noche hablando, primero de lo ocurrido esa tarde y luego ya de otras cosas. Se ponen a ver una película de suspenso en lo que Harry se queda dormido. Aldo termina de verla, cuando cae en que son las 7:45 de la mañana, se levanta rápido, se baña, come lo que se encuentra por ahí y se va al trabajo, dejando una nota a Harry de que cierre bien cuando salga. Se sube a su coche (Ya se lo habían entregado del taller) y se va a Feles.

Pues resulta que por lo rápido que se alistó y la falta de sueño, se había vuelto a poner su pijama de smileys y no se había peinado. Todos lo miraban raro. Entra a la oficina y Alonso suelta una risa. El le dice: Shhh, ya se, pero ya no me da tiempo de ir a cambiarme. Pasa la mañana tranquila, cuando es hora de comer y Aldo Dionisio se dirige a su carro, Eleazar y Susy lo detienen, saludan y se retiran. El se va y lo primero que hace es entrar a su cuarto, cambiarse y peinarse. Harry seguía dormido en el sofá con la tele en pantalla azul. Se pone a hacer una pasta con atún y salsa y unas albóndigas. El olor despierta a Harry ya comen los 2 y cuando le toca regresar a la oficina, Harry aprovecha y se va también a su casa.

Por la tarde, Va Susy a cada departamento dejando un volante. Cuando Aldo lo ve, se suelta riendo. El volante decía: "Para amenizar un poco el ambiente de fin de semana: Sábados informales. Mezclilla, chanclas, pijama, como te sientas más cómodo". Alan dice: Vaya Chávez, eres toda una leyenda, por la mañana te despistas y por la tarde es oficial el cambio.

Todo siguío su ritmo normal, hasta que un día Eleazar invita a Aldo a cenar.

Ya en la cena, Aldo ni se imaginaba lo que le esperaba. Habían planeado una gran fiesta, con todo el personal de Feles y con los amigos de Aldo. Al inicio se le hizo raro que fuera en un restaurante y que estuviera vacío, pero en eso llegan todos y el barman pone música, aprieta un botón y del techo cae confetti y un letrero que decía: "Felicidades Aldo Dionisio Chavez".

Aldo se queda sin palabras. Los meseros sirven la entrada y unas bebidas. Todos hablando de todo tipo de temas. Terminando la entrada, Eleazar toca la copa con la cuchara, se hace silencio, incluída la música (Susana y Harry estaban a su lado). Estamos todos aquí por una razón, Aldo Dionisio. Si, este joven que desde que llegó a Feles, ha cambiado todo. Su frescura, talento, amabilidad, han hecho a Feles una mejor empresa. Recuerdo cuando me tocó entrevistarlo y vi en sus ojos esas ganas de salir adelante, con el tiempo fui notando, al igual que todos ustedes, que su buen humor se contagia, al igual que el empeño en el trabajo. Susana: Así es, estamos aquí para felicitar a Aldo por ser como es y por ese simple hecho, cambiar toda una empresa. Harry: No se que decir, estoy orgullos de ti amigo. (Todos aplauden y lo voltean a ver). Aldo Dionisio no sabe que cara poner, solo se queda sentado mirando a la mesa. Comienzan a servir el plato fuerte y todos se ponen a comer. Terminando, el barman pone música clásica y la gente comienza a platicar y así. Aldo se levanta a donde Eleazar y le dice en voz baja que no debió, el pretende no escucharlo. Susana se levanta y le pide hablar, van a un patio interior que había en la parte izquierda.

Ya termina la velada y todos se retiran a sus casas. Budy, vamos a tu casa. Y eso, si siempre terminamos en la tuya. Lo se, pero hoy no quiero ir ahí. Bueno, dejamos tu carro y nos vamos. Sale. En casa de Harry, Aldo se suelta llorando, no esperaba nada de lo ocurrido y tampoco quería mostrarse muy emocional frente a la gente. Ay budy, Harry lo abraza. No dicen nada ninguno de los 2, solo se quedan ahí, mientras Aldo saca una cobijas del closet y las pone en el sofá. Harry dice: Espera, y abre el sofá para hacerlo cama y acostarse el también. Siguen sin decir palabra, solo ahí acostados con el celular. Se quedan toda la noche con el celular los 2, Harry voltea a ver a Aldo, vuelve al celular. Amanece y Harry se levanta al baño, cuando regresa a la sala, Aldo sigue con ojos de plato mirando el celular. Cómo amaneció? No responde. Dionisio! Ah, buenos días. Ya pues budy, cálmela. Ok, si, perdón. Es que de verdad que no me lo esperaba. Lo sé, el señor me llamó hace unos días para planearlo. Oh. Si y pues no podía decirte nada, sabes, pero estaba muy feliz de que te hicieran esa celebración. Me imagino. Si, fuimos el señor Eleazar, su hija y yo unos días antes a verios restaurantes y anduvimos viendo todo, y fíjate en ese lapso me estaban contando cosas de ti en el trabajo. Enserio te fuiste un día en pijama? (Aldo se ríe) Si, pero no quiero recoradrlo, fue embarazoso. Ay señor (Se da un zape en la cara, tipo Homero Simpson con su d'oh).

Alguien está en casa de Aldo. Como no abre, lo llama al celular, estaba descargado de estar toda la noche en uso. Se molesta por que manda buzón y se va. En eso, se despide de Harry y se va caminando a su casa. Eva está afuera de su casa platicando con un muchacho. Aldo Dionisio hace el que no se da cuenta, Eva lo ve, cambia su rostro de feliz a preocupada, el muchacho le pregunta que qué pasa, ella dice: No nada, olvídalo, en que estábamos?

Aldo traía la misma ropa de anoche, toda arrugada y estaba despeinado. Llega abre y ve una nota bajo la puerta, decía: "Necesito hablar contigo: Susana." Guarda la nota en su pantalón, agarra la chamarra, se lava los dientes y se vuelve a salir (Nisiquiera se miró al espejo, se fue así arrugado y despeinado). Cuando sale, Eva estaba parada junto a su carro, la saluda y pide permiso, que tiene que salir. Ella dice, me das siquiera un minuto? No, lo siento, nos vemos nena.

Llega a casa de Susana, precisamente ella acaba de regresar y abre. Aldo, hola, veo que viste mi nota. Si, este... Pasa. Gracias. Mis papás se fueron a un desayuno así que no hay nadie. Oh.

De que necesitas hablar? De lo que pasó en la cena. (Ambos se quedan serios) Gustas un café, algo de desayuno? Me da verguenza, pero si, la verdad tengo hambre. Ya me imagino, fue una larga noche no? A qué te refieres? Digo, traes la misma ropa, estás despeinado y el celular apagado. Ah eso, no es lo que tu crees. (Susy hace una cara). Ya te contaré luego, entonces? Ah mira, es que, lo que dije, (Suspiro). Bueno, si, es enserio, no se como lo tomas.

Tu dime, recién llego a mi casa, veo la nota y me vuelvo a salir para venir acá. Vaya, no se que decir. Desde un inicio me fijé en ti, sólo que como me dijeron que no me acercara, traté de mantenerme distante, aún así me fue imposible no hablarte cuando nos cruzábamos por los pasillos, o en la acampada. Enserio? Si, enserio. Wow. Se toman delas manos, ambos nerviosos. Susana, me pregunto si te gustaría salir conmigo. Aldo. La verdad es que si y lo abraza. El responde el abrazo y se quedan juntos un rato. Ya se ponen a desayunar unos huevos fritos con tortilla y café. En eso regresan los papás y ven a Aldo en su cocina.

La señora: Veo que no pierdes el tiempo hija. Eleazar: Vamos cariño (Los mira con una sonrisa pícara) y se van a su recámara.

Aldo: Creo que mejor me retiro. Susana: Por qué? Es que tus papás. Ah no te preocupes, mi papá ya sabe que me gustas, de hecho lo supo desde un principio, pero no me dijo nada hasta que yo le comenté. Oh. De todos modos Aldo se retira y va su casa a dormir un poco, lo cual les es imposible, por que Eva se queda esperándolo sentada afuera de su casa. Eva, que haces aquí? Quiero hablar contigo. Lo siento, ahor. Sh, me vas a escuchar y se mete justo cuando abre la puerta. Ok, pasa, hablemos.

Aldo mira, ya pensé mejor las cosas, estoy dispuesta a perdonarte aquel momento de la otra noche. Entiendo que tu amigo fuera con esa chica, pero se que ellos terminaron juntos. Y no te preocupes, que no pienso hacer nada malo, como volver a tocarte. Está bien. Lo que pasa es que de verdad me gustas y aunque ese día me enojé, pues quiero estar contigo. Y ese con quien estabas en la mañana? Ah, el, es un amigo de la uni, que me fue a dejar unos apuntes.

Un domingo a las 8 de la mañana. Si, que tiene de raro? Lo que tiene de "raro" es que los 2 estaban con el pelo mojado. Pues yo me acababa de bañar, supongo el también cuando fue a mi casa. Mhm, bueno. Entonces que dices? volvemos?

Ay, Eva, Eva. Sigo con lo mismo, eres muy chica para mi, aparte yo ya salgo con alguien. Ah si? Si. Oh, ya veo. Así es, ella es de mi edad, una profesional, centrada y de familia. Y yo no. Eva, sabes que no quiero lastimarte, pero te hace falta ver mundo, controlar tus emociones y aparte no todo es el físico. Claro, claro. No se para que vine, me siento horrible. No te pongas así, en unos años entenderás y encontrarás tu equilibrio. No quiero esperar años, para ese entonces quizá estés casado y hasta con hijos. Alomejor, pero yo me refería a ti, no a mi. Cuando encuentres ese equilibrio, que puede ser un chico o cualquier otra cosa, me avisas. No lo entiendo, pero lo haré, bueno fue inútil, pero gracias por escucharme. Ya sabes, cuídate mucho.

Definitivamente Aldo Dionisio no estaba destinado a dormir ese día. Así que se fue a un mall a pasear, compró una bebida caliente de calabaza y una galleta grande de pasas, esos de moda de la franquicia verde. Se sentó un momento en una banca del pasillo, se terminó su bebida y estuvo un rato mirando la gente pasar. De repente alguien le toca la espalda. Era un guardia, que lo sancionaba por quedarse dormido en medio del mall. Entonces se revisa sus bolsillos y ve que no le falta nada. Se sienta, mira al guardia, le agradece y se va. Y que no vuelva a pasar hijo!, le grita el guardia mientras camina hacia la entrada. No se preocupe, hoy fue la excepcion!

Se va, medio mareado por que después de la cena, solo comió medio huevo y la bebida, nisiquiera se había comido la galleta y ya eran pasadas las 4. Se sube al carro y empieza a comerse la galleta. Da la reversa y se dirige a la salida. No puede salir por que perdió el boleto y no lo había pagado. Se tiene que regresar hasta la oficina principal en el sótano del mall y pagar 100 pesos por pérdida de boleto. Le dan uno nuevo y le dicen que no lo vuelva a perder. Logra salir por fin y ya se va a su casa, pone a cargar el celular y se acuesta con todo y cinturón y zapatos. Hacía algo de frío, pero no se puso cobija, lo único que quería era dormir.

Se queda desde las 5:30 hasta la mañana del día siguiente, que era lunes. Se despierta de golpe, peocupado por la hora y va a ver el celular, que estaba enchufado y cargado en la cocina. Ve que aún hay tiempo, pero no vuelve a acostarse, se pone a comer mejor.

Rato después, se alista y se va al trabajo. No se sentía muy bien, había sido un fin de semana emocionalmente intenso para el. Aparte, parece que tenía inicios de fiebre. Igual y se queda en el trabajo, hace su diseño y de repente cae al suelo. Cuando despierta, estaba en el hospital, con Harry mirándolo. No supo que decir. Harry: tranquilo budy. En eso entra una enfermera y saca a Harry de la habitación. Le pone una inyección y se duerme, era anestesia. La enfermera se equivocó y pensó era el paciente del cuarto de enseguida, que necesitaba un transplante de riñón. Pero el doctor la detiene antes de que lo lleve a cirugía, por que el verdadero paciente con problema de riñón estaba insoportable de dolor. La enfermera pide perdón y se retira toda apenada a la otra habitación, hasta el lobby del hospital se escuchan los gritos del doctor y su asistente regañando a la enfermera por tal error.

Por poco y la despiden, pero se salvó por que de hecho, Aldo necesitaba dormir mas para poder terminar de bajar la fiebre y recuperar fuerzas. Cynthia llega al hospital a acompañar a Harry en su velada y mientras Aldo Dionisio se despierta, ellos van a la cafetería a comer algo y distraerse.

Pasan unas horas y por fin Aldo Dionisio despierta y le dan de comer, era una gelatina de limón, con unos trozos de nuez. Se tiene que quedar una noche mas en observación, pero ya todo tranquilo. Harry y Cynthia se van a su casa y de ahí el llama a los padres de Aldo, para decirles la sitación. Ellos van al hospital por el, lo llevan a su casa y se están con el un par de días. El se siente un poco incómodo, ya que llevaba años viviendo solo y la presencia y los mimos de sus padres era como volver al pasado. Igual aprovechó para estar agusto con ellos y convivir, ya que Feles le dio una semana de incapacidad. Una vez sus padres se fueron, el se sintió mas solo que nunca y lloraba por las noches, una vez que Susy y Harry se retiraban. Al siguiente fin de semana, antes de volver a trabajar, los amigos (Jorge, Ernesto y Omar), van a visitarlo y se están casi todo el día con el. Piden unas pizzas, se llevan la xbox y el kinect y se ponen a jugar y charlar. En medio de la charla, Ernesto aprovechó para decir algo que lo tenía un poco perturbado. Dijo frente a todos que, en efecto, era gay. Ellos ya lo sabían pero no le habían dicho nada, hasta que el estuviera listo para afrontarlo. Como buenos amigos, le dijeron que estaba bien y continuaron en lo suyo como si nada. Ernesto se sintió aliviado, ya que era un momento tenso y se temía le dejaran de hablar, pensaran que quería llegar a algo más con ellos o algo por el estilo.

A la mañana siguiente, Aldo amanece poco mareado, igual que los días anteriores, pero es por el medicamento prescrito. La razón por la que se desmayó, fue, aparte del estrés emocional, una ligera anemia, la cual con todo lo ocurrido, empeoró por las subidas y bajones. En el hospital le dieron una dieta rica en hierro y otros nutrientes. Como vivía solo, pues se acostumbró a comprar comida fácil de hacer: Congelados, enlatados, comida para llevar. Lo que ayudó para que no fuera tan grave, fue su amor por los tés, en especial el de apio y a que no le gustaba con endulzante alguno. Su mamá lo ayudó y le mandaba 2 días a la semana platillos preparados por ella. De regreso en la oficina, le dan la bienvenida y todo ocurre normal. Ahora en lugar de ir a comer a su casa, se queda en el comedor de Feles y come junto con Susy, aveces Eleazar los acompañaba.

Una tarde, cuando regresa a casa, Harry lo estaba esperando con una carta en las maños.

Aldo Dionisio: Hey budy que pasa? Harry: Pasa que vengo a mostrarte esto (Le entrega la carta, le tiembla la mano). La abre y la lee. Es un análisis de sangre en el cual dice que es positivo el embarazo. No sabe que decir, solo le da la mano a Harry. Pasan a la casa y hablan al respecto. Harry se siente listo para dar el paso, pero está un poco asustado, por que lleva poco tiempo con Cynthia. Su preocupación es que en algún momento del embarazo o cuando su hijo esté pequeño, su relación vaya a pique y sufra las consecuencias. De todos modos continuó con todo esto, intentando llevarla bien. Harry se retira a casa de Cynthia y hablan al respecto. Por la noche, después de cenar, Aldo se pone a organizar su closet, sacar ropa y cosas viejas. Estaba poniendo una ropa en unas bolsas y ve un papel tirado en una esquina del armario, lo iba a tirar, pero prefirió abrirlo antes. El papel decía: "Me encantó conocerte, llámame al (614) 2555555, Sandra" (Con un corazón como punto). Era la nota que Sandra había puesto en la bolsa de la chamarra de Aldo el día que fueron a bailar. Aldo Dionisio se queda sorprendido y en efecto, llama a Sandra. Sandra cómo estás? Quién es? Soy yo, Aldo. Ah que ondas, ya ni me acordaba de tu voz jaja. Ya ves que puro face. Si, oye, te hablo por una simple razón. Dime. Es que justo estoy haciendo limpieza de closet y me encontré una nota tuya. Ah si? Aver si te acuerdas: Me encantó conocerte, llámame y este número. Aaaah ya me acordé, hace tanto. Lo se, y si no la vi antes lo siento, debió salirse de la bolsa de la chamarra cuando la colgué, estaba el papel doblado muy pequeño y apenas si lo vi. Espera un segundo, ok? Si ok.

El teléfono de casa de Aldo estaba sonando y mientras Sandra esperaba al celular, contesta.

Budy! Ya me decidí, vengo llegando de donde Cynthia y si, me quedo con ella y el bebé. MI BEBE. Sabes lo que es eso? estoy esperando un hijo!! Yee budy, así como debe ser. Espero ser el padrino. Cómo! si ya lo eres, incluso lo eras antes de que esto pasara. Te amo budy!! Igual mi Aldo. Sigues ahí? Si aquí estoy. Bien, de que te decía? Estábamos hablando de la nota del bar. Ah si, pues no nada, que apenas la vi y pues quise llamarte. Muy bien. Oye, te dejo, quiero seguir arreglando la ropa orita, por que se que si lo dejo, nuca lo hago. Sale, pero ya que hallaste mi cel, para que me llames eh? Claro que si señorita bonita. Muy bien, cuídate. Igual. Aldo continúa sacando ropa, limpiando polvo y todo en general. Saca 1 caja de puras camisas que ya no usa y otra de pantalones, tenis viejos y otros accesorios. Las pone a un lado de su cama, para en la mañana subirlas al carro y llevarlas a una organización a donar cuando sea su hora de comida.

El plan no le funcionó, ya que Susy se levantó muy temprano, llamó y despertó a Aldo, hizo desayuno y se fue a su casa en pijama. Ambos desayunaron y muy románticamente, se meten a la ducha los 2, se alistan y se van para Feles. Las cajas se quedaron bajo la cama de Aldo, por que, quién va a recordar meter unas cajas en su auto después de algo como esto? Total, ya van a trabajar y el día pasa tranquilo, con un nuevo diseño pendiente y así. Por la tarde, Susy lleva a Aldo Dionisio a su casa, se está un buen rato con el hablando, dándose besitos, salen a cenar y por desgracia, fueron al lugar equivocado. Era un puesto de hot dogs en forma de "bocho", el auto estaba sin techo, acondicionado con parrilla, congelador y todo. Justo estaban pidiendo su orden cuando llega otro hombre y los asalta, intentando secuestrar a Susy. Digo intentando, por que, tanto los que atendían el lugar, los clientes y Aldo, lincharon al hombre. El cocinero tenía una soga, que hace rato había quitado para sacar los panes, se la lanza a Aldo, pero él con su torpeza habitual, no la agarra y en lo que el hombre se levanta para intentar herirlo, Susy le da una patada en la cintura, para "doblarlo" y en eso, le pega un sartenazo y lo deja inconsciente. Entonces ahora si, lo amarra de las manos y con lo que sobra de soga, la corta con un cuchillo y le amarra también los pies. Los otros clientes aplauden nerviosamente, pagan sus cuentas y se van, dejando el puesto prácticamente solo, excepto los 2 empleados, Aldo y Susy. Uno de los clientes había llamado a la policía antes de irse, pero hasta ahora no llegaba. Susy abraza a Aldo y le dice a los cocineros que no se preocupen, que ya pasó y que si por favor le pueden preparar su orden. Ellos se sorprenden de que Susy no llorara o algo, pero así sucede aveces.

Los empleados estaban bastante nerviosos, tener un hombre inconsciente y amarrado, luego de un asalto e intento de secuestro, no es bonito. Vuelven a llamar a la policía y dicen que ya salen. Aldo Dionisio y Susy se quedan comiendo "tranquilos" ahí, al terminar ayudan a los señores a limpiar las otras mesas de los clientes que se fueron rápido. Ellos no quisieron irse, para cuando la policía llegara, dar fe de los hechos, como testigos principales. Estuvieron casi 2 horas y nada, en ese lapso hablaron casi de todo: Como nació la idea de el auto-cocina, donde trabajaban, política, estudios, televisión, en fin. Ya era muy entrada la noche cuando por fin aparece una patrulla, los entrevista, ve al hombre, lo sube a la parte de atrás de la patrulla, toma fotos y se va sin decir más. Ese era el panorama. En lo que el policía se retiraba, ellos cerraron el lugar y Susy se ofreció a llevarlos a sus casas, ya que iban en su auto. No aceptaron, ya que ellos traían su propio auto. Igual se dieron las gracias y los números de teléfono por si cualquier cosa sucede respecto al hombre. Susy pide a Aldo que maneje el, por que ahora si, ella estaba muy nerviosa. Aldo estaba igual o peor que Susy, pero lo hace.

Llegan a casa de Aldo y como ya era muy noche, no deja que Susy salga para su casa sola.

Esa noche no pasó nada, solo se acostaron en la cama y se quedaron ahí nomás. Ninguno de los 2 pudo dormir, pero igual tenían cerrados los ojos.

Por la mañana Aldo se levanta primero, va al baño, se lava los dientes, se cepilla el cabello y va a la cocina por un par de tés de apio. Lo lleva a la cama y se ponen a tomar y ver las noticias de las 6. Se bañan juntos de nuevo y se van a donde Susy, para que se cambie de ropa. Se van en ambos autos, por que ahora si, Aldo iba a llevar las cajas a donar a la hora de comer.

Alan: Buenos días Chávez, como le va. Buen día! Es el primero en llegar, muy puntual. Si, ya sabe. Si gusta puede ir a tomar café o dar un paseo, aún no comenzamos. Bien, solo si me acompaña. Quiere que lo acompañe? Si, digo, que no esté solo en la oficina, vamos. Perfecto.

Abajo en la cocina de Feles, se sientan mientras se calienta el café y las galletas de mantequilla. No saben de que hablar, solo están ahí, pasan otros empleados, igual, a tomar café o dejar sus lonches en el refrigerador, saludan, se van.

Aldo Dionisio y Susy, quedaron en no decir nada respecto a lo del asalto, pero no se mantuvo oculto el asunto. Resulta que un auto había pasado por el lugar y tomado fotos, incluso un pequeño vídeo. Era un auto reportero, de esos que rondan la ciudad para ver que hay de nuevo y publicarlo. Estaba en los periódicos y en el canal local. Eleazar había estado viendo el canal local, cuando le pareció ver a su hija, pero pensó que no era posible. Hasta que vió a Aldo Dionisio, con su particular peinado y su camisa. Se preocupó mucho y cuando vió a Susy entrar a su oficina, después de haber dado un paseo por las instalaciones, la abrazó y se le salió una lágrima. No te preocupes papi, todo está bien. Hija, no sabía nada, me hubieras hablado para ir por ti. No como crees, era muy peligroso y si te hacía algo, me muero. Aparte, supongo estabas dormido y despertarte para darte una preocupación, no va. Estaba con Aldo y no pasa nada. Ay hija, te adoro preciosa. Y yo a ti señor padre. (Se abrazan). Bueno, a trabajar pues. si, hoy vienen unas personas a entrevista para cubrir la vacante que dejó Nora.

Por otro lado, Cynthia no era la única que iba a ser madre, también Eva se acababa de dar cuenta de su retraso y se hizo los análisis que salieron positivos. Se estresó bastante con la noticia, le dijo a su "amigo", el cual no quiso saber nada al respecto y la dejó, habló con sus amigas y la regañaron y la ridiculizaron. Se acordó lo que Aldo le dijo la última vez y se puso a llorar a mares, tenía razón y ella se negó a aceptarlo. No sabía si llamar a Aldo, o dejar las cosas así y sufrir en silencio. Pero igual, le manda inbox por la noche, ya que está en su casa, para que la llame. Aldo se molesta, pensando que quería volver a acercarse a el y no quiso llamarla, pero notó algo en la forma que lo dijo, que siempre si lo hizo. Le contó lo ocurrido y termina en que Aldo Dionisio va a su casa a animarla, por que hasta estaba pensando en abortar, y eso Aldo no lo podía permitir. Si, terminaron mal, pero el no podía permitir que una mujer tan joven arruine su vida de esa manera, ni tampoco la de un ser inocente.

Estando en casa de Eva, llama a Susy y le pide que vaya. Ella preocupada, va y mira la situación. Al principio no sabía si molestarse por el hecho de que Aldo, su novio, esté con otra, apoyándola en su situación con el bebé, pero no lo hizo, por que sabe que actuaba de buena fe. Ya hablaron los 3 y le cuentan como ocurrieron las cosas, si se molesta un poco, pero como fue antes de conocerla y no pasó nada, pues se tranquiliza. Eva también estaba un poco molesta por la presencia de Susy, pero a la vez no, por que Aldo le había dejado las cosas claras desde un inicio, que solo amistad. Entonces, se molestó con ella misma, por haberlo presionado y hecho dramas en aquella ocasión, cuando el claramente le dijo que no más. Susy se acerca a la cama y abraza a Eva, un abrazo de apoyo sincero.

En eso, llega la madre de Eva a la casa y ve a Aldo en la cocina, había ido por un vaso con leche para Eva. La señora de momento piensa que es el que embarazó y abandonó a Eva y comienza a gritarle y quiere sacarlo de la casa. Aldo Dionisio se queda perplejo, no sabe que decir y solo grita EVA! EVA! y Eva que no baja, y Susy tampoco. Como tenían la puerta de la habitación cerrada, no escuchaban. La señora logra sacar a Aldo, quien no sabe como explicarle a la señora que él no es el padre. Cuando por fin logra sacarlo, cierra la puerta, las cortinas y todo. Aldo se molestó bastante y se puso a tocar la puerta como loco. no gritaba, para no hacer escándalo público. La señora tira la leche que Aldo había servido, por que "quién sabe que fuera a echarle". Luego de tocar sin respuesta, a Aldo no le queda más remedio que sentarse a esperar. Sube a la habitación de Eva, abre la puerta y ve a Eva y Susy llorando juntas. En lugar de ir y decir que todo estaba bien, solo dijo: "No te preocupes, que ya saqué a ese imbécil de aquí, ya no te molestará mas el baboso". Se refiere a Aldo? dijo Susy. Qué no se llama Ramiro? bueno, como sea, ya lo saque al idiota. Mamá! el no es el padre, es mi amigo Aldo, que hiciste?! y baja a abrirle de nuevo y pedir disculpas. Estaba toda despeinada y con el rímel corrido del llanto.

Aldo estaba ahí todo aguitado, sentado en la escalera de la entrada, con las manos en la cara. Eva abre, le dice: "lo siento, ella no sabía, pasa". Se levanta, se agarra el cabello y pasa. Suben las escaleras hacia la habitación y se escucha que la señora le pregunta a Susy que de dónde conoció a Eva. Aunque usted no lo crea, hace apenas como media hora. Ah ya llegaron, lo siento muchacho, enserio me equivoqué. No se preocupe, está bien. No debiste bajar Eva, hubiera podido ir yo. Ay no es nada, aún puedo caminar, todavía no me crece la barriga. Eso si, y ni te va a crecer hija, mañana iremos a ver que hacer. Cómo dice?! Señora, eso está mal, muy mal. Pero como va estar mal, si es no deseado y el viejo la humilló. Madre! Señora, podemos hablar un momento? Digame. Me refiero a solas. Bueno hija, mucho cuidadito eh, no vaya ser, ja. Ay por Dios contigo madre.

Cómo la ves Aldo? Así ha sido siempre mi madre. Ahora veo de donde viene el problema.

Me estás psicoanalizando verdad? No, no es eso, pero me doy cuenta de muchas de tus actitudes. Y no es malo, pero igual podrían ir a una terapia familiar las 2. Cómo? si, ahi van, platican de como se sienten, como es su relación, en fin. Ellos te dicen si está bien, mal, o como cambiar las cosas para mejorar. Suena bien, y crees que me puedan ayudar con mi caso? Por supuesto que si Eva.

Mira, ahorita no me se los teléfonos ni nada, pero te investigo, incluso Susy puede ayudarte, ella conoce de personas, recursos humanos, trato con gente. Le pregunto. Si por favor. Aldo. Si? Muchas gracias de verdad (Le muestra la mano, para que se la tome). Nunca pensé que terminaría así y que tú estés aquí conmigo. Ya sabes. Te quiero mucho aunque hayas pensado lo contrario bobita. Yo también. Eres como un ángel que me hace ver las cosas como son. Jej.

Oye, me tengo que retirar, mañana trabajo. Está bien. Prométeme que no harás nada sin haber pensado mínimo 50 veces, nada de impulsos, ok? Lo prometo. Bien (Le da un beso) y se va a buscar a Susy. Estaban en la sala, que estaba a un lado de la entrada, era una sala de esas que tienen puerta corrediza, para separar del resto de la casa. Aldo, que pasa? Ya nos vamos. Bueno, señora, ya sabe, cualquier cosa me llama. Si ya veré. me dio gusto conocerla, hasta luego. Bye, que les vaya bien. Bye señora.

Días después, suena el celular de Aldo. Era de la oficina de comandancia, hablaron para decir que el señor ha fallecido a causa de una contusión cerebral, por el golpe recibido del sartenazo y la caída. Como el hombre no tenía identificación alguna, Aldo Dionisio tuvo que ir a dar fe de el occiso. El fue el que quiso quedarse como testigo principal, así que asumió las consecuencias y fue al forense. Si, era el mismo que los asaltó. Comenzó a marearse y el guardia pensó era por lo sombrío del lugar. Lo saca de la sala y hace que se siente en el pasillo, en una banca donde hay suficiente ventilación. El mareo fue, no por que estuviera asustado o nervioso, si no por que olvidó tomar sus cápsulas antes de salir.

Se levanta y se acerca a la recepción donde pregunta si tiene alguna máquina vendedora o cafetería. Va hacia otra sala, donde hay 3 máquinas, 1 de refrescos, 1 de papitas y otra de panes. Nada de eso estaba recomendado para el, pero igual compró un pan napolitano y unas ruffles verdes. Regresa a la banca y espera a que el forense lo atienda, mientras llama a Ernesto. Hey que hay? Mi Dionisio! no nada, aquí. Bien, solo llamando para saludar viejo. Ah perfecto que se acuerden de uno. Claro, ya te la sabes mi estimado. Y qué? Cúando salimos de nuevo? ya sea acampar o a otro lado. Estaría bien. Pues por mi cuando sea, tu dime, con eso que trabajas. Pues también cuando sea, solo en fin de semana o si es un rato por la noche. Pasa el día y cuando va de regreso a su casa, casi llegando, se pasa un semáforo en rojo y un tránsito iba detrás.

Le hace cambio de luces, indicando que se detenga. Se baja del auto y le pide la licencia, la cual había olvidado en el forense, la dejó como identificación para ver al occiso. El oficial se molesta y le pide otros papeles (Elector, seguro del auto, tenencia, etc). Todo en regla oficial (Le muestra todos los papeles). El oficial llama por radio para verificar sus datos y pedir el informe de su licencia. Si, en efecto, licencia vigente. Aldo, como se sentía un poco mal y aún tenía que volver por su licencia, le pide al tránsito si lo acompañaba a recogerla al forense y luego lo regresara a ese lugar por su auto. El oficial se extrañó, pero igual lo hizo, ya que están para cuidar la vialidad, y un automovilista mareado no está en condiciones de manejar distancias largas. Ya ahí nota que camina mal y lo ayuda, diciéndole que se apoye en su hombro. Van hacia recepción y el forense pregunta que qué pasa, ya que lo ve acompañado del oficial. No es nada, solo olvidé mi identificación. Está bien, pase. Ya salen y se regresan a donde estaba el auto de Aldo, que era a 2 cuadras de su casa, el oficial lo sigue por seguridad y lo acompaña hasta entrar a su casa. Aldo Dionisio, como buena persona, lo invita a pasar a tomar algo. Si, té de apio.

Sólo se está un momento, por que aún no terminaba su jornada y lo podían sancionar. Igual entablan amistad, se pasan sus nombres y celulares. Cuando el oficial sale por la puerta, Aldo llama a Susy y le dice que la extraña mucho y le cuenta lo sucedido con el hombre que los asaltó. Se sorprende, pero lo ve normal, ya que ella tenía la creencia de que gente como "esa" no merecen nada en la vida. Por qué hacer daño nomás por que sí, o por unos míserons pesos? Digo, habiendo tanto trabajo disponible, tienen que terminar así? No todos serán los mejores trabajos, pero son decentes. No estaba asustada, era de las que, si pasa, está bien y si no, también. Pero igual no estaba de acuerdo. Luego de llamar a Susy, llama a Harry y le dice lo mismo, que el hombre murió y lo del tránsito. A Harry si le dice que se sintió mal, pero a Susy no, para no preocuparla. Por la tarde se reúnen los 4 y en medio de la plática, a Harry se le sale decir: "Así cómo tu por la mañana to mareado budy" Susy escucha y le reclama si se tomó o no las pastillas. El le dice que si, que debió ser un episodio nomás, que tranquila.

Pasa el rato y siguen hablando normal, de cualquier tema. Susy pide a Cynthia tocar su vientre para sentir al bebé. Al tocarlo se emociona y dice: Qué emoción!! el primito mayor. Cynthia capta el mensaje y le dice, enserio? felicidades. Harry y Aldo no escuchan esta parte, estaban del otro lado de la sala, hablando un chisme de Ernesto y su nuevo novio. Susy le dice a Cynthia que no es 100% seguro, pero que tiene un retraso y hace poco mas de 1 mes, pues... Se abrazan y Cynthia le guarda el secreto mientras ella se asegura.

Por otro lado Eva decide no abortar, aunque eso le gane peleas con su madre. Igual la terapia familiar a la que han comenzado a ir, va haciendo efecto y se comienza amostrar mas paciente la señora y Eva se siente mejor consigo misma.

Pasan los días y todo ocurre normal, Feles, videollamadas, amigos. Un día a la hora de comer, se quedan Susy y Aldo en Feles, Susy abre su tupper con una ensalada de pollo, zanahoria cocida con aderezo y unas tostadas y el solo hecho de abrir el tupper y oler la comida, le da como asco. Trata de disimular, por que aún no ha dicho nada al respecto. Pero igual Aldo Dionisio nota cierto malestar en su rostro. Que pasa vida? Nada, es que iba a poner otras cosas en el tupper, pero ya nimodo. Bueno, provecho preciosa. Provecho precioso, y se ponen a comer. Al terminar, Aldo Dionisio pide a Susy que al salir lo espere, que tiene algo importante que decirle. Ella se sentía un poco nauseabunda, pero como no quería decir nada aún, o que sus síntomas la delataran, se aguanta y sonríe. Termina la hora de comer y cada quien se va a su oficina, no sin antes despedirse de un tremendo beso.

Al llegar a la oficina, Aldo Dionisio, dice: Todo listo señores? Todo listo mi Aldo, solo esperar a la salida. Perfecto.

Dejan de laborar para preparar todo, Eleazar también está enterado del plan y lo apoya. Decoran la oficina, llaman a la mejor amiga de Susy, María Leonor. Eleazar entretiene a Susy, para que no vea a María por los pasillos. Ya todo arreglado, su mejor amiga presente, música suave, Aldo Dionisio se pone un saco, se perfuma y se peina, en el bolso del saco trae la cajita, todos se sientan donde habitualmente, María hasta el fondo de la sala, donde no se mira al entrar. Alan llama a la oficina de Eleazar, pidiendo hablar con Susy, se la pasa normalmente, le pide ir a la oficina, por que tiene un informe que entregarle. Ella va, entra, saluda, Aldo se pone nervioso. Pero igual la saluda con un mi vida! Hola mi vida, responde ella. Qué pasó Alan? Cuál es el informe. El informe es que. Aver Aldo, te cambiaste! Si, es que mi. Alan: El informe es que, con todo respeto, pero está usted secuestrada. Cómo? Si, durante los próximos minutos no puede salir de esta oficina. Que está pasando aquí eh?

María se levanta, Susy la ve y Mari!! Me pueden explicar por favor? En eso Aldo se levanta también, camina hacia donde ella, mete su mano en el bolso del saco, la abraza con la otra mano. Susy, pedí la tarde libre y me tomé la molestia de invitar aquí a Mari, por que quiero pedirte (Saca la cajita y se la muestra, para colmo no la puede abrir). Se le sale una lágrima a Susy, Mari ya estaba llorando, los demás están preocupados de que no pueda abrir la caja. Ya logra abrira, pero el anillo se cae al piso de la fuerza que hizo. Se quiere agachar a recoger el anillo, pero si lo hace, sería de mala educación. Mira a Alonso, lo recoge y se lo da. Gracias. Si, Susana, quieres casarte conmigo? Aldo, claro que si! y lo abraza antes de que le ponga el anillo. Todos lloran de la emoción del momento, Mari está que se deshace de llanto y risa.

Le pone el anillo, era de oro blanco con 2 zirconios unidos en forma de corazón. A ambos les tiemblan las manos, pero todo sale bien. Se miran a los ojos, todos vidriosos, pero felices. Se abrazan de nuevo y todos aplauden. Esteban, Alonso, Alan, Mari. Después del folclor, prácticamente los corren de la oficina y de Feles. Salen y se van a una habitación presidencial de un hotel donde había reservado, con servicios y todo. La habitación incluía una tina doble de hidromasaje y una ducha como si fuera jardín, con plantas y una ventana que daba hacia unas bugambilias (no hacia la calle, ni nada, era parte de la decoración). La habitación no era muy grande, pero era muy romántica. Total, llegan, se sientan en la cama, hay un silencio, pero no de los incómodos.

Susy se pone sumamente nerviosa, no sabe si es el momento de decirle a Aldo de su paternidad, le daba miedo su reacción, sobretodo por el momento. No lo dice así tal cual, pero le pregunta: Oye nene hermoso, te imaginas como sería cuando tengamos un hijo? Aldo sonríe pícaramente, le toca la pansa a Susy y la tira a la cama para besarla, mientras le sigue tocando la pansa. Sería hermoso, ya te imagino sintiendo patraditas y naúseas. Te compraría hasta el antojo mas extraño, te llevo al médico, todo lo que necesites. Ay hermoso. Hermosa tu! Es que... Y lo besa. Que pasa. Bueno Aldo, es que mira, ya tengo las naúseas. Me quieres decir qué? Y asiente con la cabeza sin decir nada. Ay nena, la besa y se ponen al tema.

Pasan los días y todo ocurre normal. En Feles todos los felicitan cuando van por los pasillos, Harry y Cynthia siguen saliendo juntos, ya se le nota el embarazo y a Harry se le ve muy contento. Eva también se le nota la pansita, su madre al fin entiende que el apoyo es vital y se ve que si desea arreglar las cosas con su relación madre-hija. Ernesto consigue estabilizar su vida después de salir del armario y está saliendo con alguien.

Llega el momento del primer parto. Harry no se la acaba de nervios y emoción, tanto que no pudo llevar a Cynthia al hospital, tuvieron que pedir a la ambulancia que fuera a la casa. Ya va y estando dentro, llama a Aldo para decirle que ya van al hospital, que su bebé va a nacer. No lo escucha por el ruido de la sirena, pero supone es eso y sale al hospital. Aldo va a la recepción y pregunta por Cynthia y Harry. Le dicen que no hay nadie con esos nombres, se había equivocado de hospital. Entonces llama a Harry, pero no escucha el celular, estaba llorando parado en la puerta que da hacia maternidad. No sabe que hacer, pero regresa a recepción y le pide si puede preguntar en qué hospital están. Le dicen que eso no se puede hacer, la información de un hospital es privada. Insiste en llamar a Harry, hasta que contesta. Dónde estás? Aquí en el hospital. Si, pero en cuál? Vente, estoy en maternidad. Pero en qué hospital budy?! Aver, no se, espera. Disculpe que hospital es este? Una enfermera respnde: Es San Antonio el grande. Si, San Antonio el grande (Sonríe a la enfermera en señal de gracias). Ya voy, no te muevas.

Ya llega al hospital y esperan ahí los 2 a que salga el médico. Harry ya no llora, pero está sumamente nervioso. Cada rato se paraba, daba una vuelta, se volvía a sentar, suspiraba cada 5 minutos. Aldo se pone nervioso también. Así que esto me espera. Si, pero es hermoso budy. Ya veo. Pasan 2 horas y sale el médico: Harry? Soy yo. Enhorabuena, ya es padre de una preciosa niña, puede pasar a verla en maternal. Yeeee!!! y sale como alma. Aldo: Es primerizo. Si, lo imaginé, pero todo salió muy bien. La señora Cynthia está en recuperación y en un par de horas podrán pasar a verla. Si, gracias y le da una palmada en la espalda. Se dirige a la sala de maternal y estaba Harry mirando a la bebé, vuelve a soltar el llanto, Aldo lo abraza. Se están unos minutos y se regresan a la sala de espera.

Se sientan, se vuelven a levantar y se van a la cafetería. Piden unos sandwiches emperador, que llevan pavo, queso roquefort, mostaza, tomate, lechuga y olivas negras y verdes en rodajas, todo en un pan tostado de orégano con ajo.

Ya logran ver a Cynthia, tenía una cara bastante relajada, pero adolorida. Aldo: Me da tanto gusto Cynthia. Pero me retiro, los dejo que hablen, se acerca, la abraza y le besa la mano. Nos vemos budy, le da un apretón de manos y un abrazo a medias y se va hacia donde Susy. Estás lista? A dónde iremos? No se si quieras ir a comer algo, o a caminar al mall. Suena bien, caminar y luego comer, te parece? Si, perfecto. Ahorita regresamos suegro. Que les vaya muy bien. Ya en el mall, caminando por los pasillos, ven un moisés precioso en una vitrina. Entran a ver y si les encanta. Era de mimbre, forrado con tela de manta blanca, un colchón de foamy suavecito con una almohada en forma de corazón amarillo. Tenía un tripié con una base, una agarradera para viajes que se quita y pone, una canasta por la parte de atrás como pañalero y un cinturón tipo asiento de auto. Parece grande, pero es tamaño portátil. Perfecto. Se acerca la dependienta y les explica como funciona y les dice el precio. La verdad, para ser la tienda que era y el producto tan atractivo, tenía muy buen precio. Si lo compran, pero piden ir por el mas tarde. hasta luego, muchas gracias. Siguen caminando por el pasillo emocionados por su primera compra para el nuevo miembro. Pasa media hora y deciden ir a cenar a la plaza de comidas. Aldo pide un combo teriyaki y Susy una pasta del Sbarro. Comen, se están un momento de sobremesa y regresan a la tienda por el moisés. Para poder recoger el moisés, necesitaban el ticket de compra, pero no lo encontraban. Susy buscó en su bolsa, Aldo en los bolsos del pantalón, la camisa, cartera y todo. Resulta que cuando sacó la cartera para pagar el combo, el ticket se cayó y no se dio cuenta. Entonces se regresa a la plaza de comidas a buscarlo, por suerte si lo encontró. Estaba tirado a un lado de la caja del teriyaki, todo sucio de las pisadas, pero si fue aceptado.

Ya saliendo de la tienda y del mall, Aldo traía cargando la caja y en eso cae en que no recuerda donde dejó el ticket del estacionamiento del mall, así que para evitar problemas, antes de ir al auto, pasan por el sótano a pagar la multa. Lo bueno que quien atendía no lo reconoció. Salen y van a casa de Susy. Le abre la puerta del auto y ya entra en la casa. Se regresa por la caja y al sacarla de la cajuela, tropieza y se cae, cayéndole la caja en la cintura, dejándolo algo lastimado. Agarra el celular y llama a casa de Susy, para que Eleazar le ayude, por que no se puede mover bien, el borde de la caja, lo golpeó cerca de la costilla izquierda. Eleazar se lleva la caja adentro y Aldo se reincorpora, cierra la cajuela, pone la alarma y entra también. Apenas entra, se sienta en una banquita que había en el pasillo principal y se soba el costado.

Creo necesito un chequeo, no se siente nada bonito. Susy se preocupa y va a la cocina a buscar el directorio. Llaman a varios laboratorios y encuentran uno que si ofrece servicio por las tardes, está bastante retirado, pero lo vale.

Ya le toman la radiografía, los huesos se ven bien, pero se nota una inflamación muy fuerte, por lo que le recetan unas pastillas. Le pregunta al médico si tiene efecto con las que ya toma y con la falta de hierro. el problema es que si, había contraindicación. Entonces se busca una opción alternativa, era unos masajes especiales. Otro problema, es que el especialista en esa área trabajaba sólo por las mañanas y el masaje costaba bastante. La única opción era ir a casa a descansar y por la mañana regresar al laboratorio. Susy le dice que si, que ella paga el costo de los masajes y saca la cita. Se retiran y Susy lleva a Aldo a su casa. Se cambia, se acuesta e intenta dormir. Se mueve de un lado a otro de la cama, pero no halla su posición, estaba acostumbrado a dormir recargado hacia ese lado. Por fin logra quedarse dormido, parecen haber pasado 10 minutos cuando suena la alarma. Hora de alistarse para el masaje, por que esta vez Eleazar no le dió permiso de faltar al trabajo, tanta preferencia era perjudicial en nombre de el, de Aldo y de la empresa en general. Le toca ir solo a la cita, era a las 6:30 de la mañana y el masaje duraba como 40 minutos, el tiempo justo para alcanzar a desayunar y llegar al trabajo.

Llega al laboratorio y había una fila de gente esperando sacarse estudios. Pregunta por el doctor Oscar Jimenez, el encargado de los masajes especiales y otros problemas corporales. Lo hacen pasar a un pasillo y sentarse a esperar su llamado. Ya entra, contesta unas preguntas, se sienta en una cama, el doctor le toca el área para ver que tan grave es el problema inflamatorio. Se siente caliente la zona, dijo. Muéstreme las radiografías. Ya veo, y le dieron medicamento? No, estoy con otro tratamiento y no puedo tomar otra cosa. Ah bien. Entonces recuéstese sobre su lado derecho, va a sentir un poco de frío y dolor, es normal.

Aaaah y se le pone la piel chinita. Era una bola masajeadora con hielo. Terminando el masaje con la bola, le unta una especie de bálsamo herbal, lo deja un rato a que absorba y luego con la mano le toca y presiona. Aldo Dionisio se contrae todo, era una sensación entre relajante y dolorosa, como cuando te aprietas un moretón. Termina y se vuelve a sentar. El doctor le da una pomada de lidocaína y una venda. Le pide regresar al día siguiente a la misma hora. Este primer masaje fue solo para relajar la zona, mañana será un masaje diferente, mientras úntese la pomada y póngase la venda para evitar manchar la ropa. Gracias. Si, nos vemos mañana. Hasta luego.

Sale y se va a un puesto de barbacoa que estaba a media cuadra del laboratorio, pide un agua y 2 órdenes de tacos, les pone mucho repollo y aguacate con sal. Se toma sus cápsulas y se pone a comer lo mas rápido que puede, por que el laboratorio quedaba algo lejos de la zona. Se va y llega a la oficina un poco antes de la hora de entrada, pero aprovecha para ir al baño, lavarse los dientes, ponerse la pomada, la venda y cambiarse de camisa. Se siente un poco raro, pero igual hace sus deberes como normalmente. Llegan Eleazar y Susy y todo normal, se saludan y siguen con su trabajo. No es que estuvieran molestos, pero ya habían pasado demasiadas cosas personales dentro de la empresa y no era correcto. Después de la pedida de mano, acordaron dejarlo todo por separado, vida y trabajo.

Pasan los días y durante una semana, Aldo suguió con su rutina de levantarse mas temprano para ir a sus masajes, desayunar y trabajar. Se le comenzaban a notar ojeras debido a la levantada tan temprano, pero cada vez le dolía menos el costado. Ya podía agacharse y moverse mejor. El siguiente sábado, Aldo Dionisio va donde Harry para estar con Cynthia y su bebé. Ella se lo da a cargar, pero el se niega, por que no quiere que por el esfuerzo, aunque sea pequeño, vuelva a lastimarse o que por un impulso muscular termine tirando a la bebé, entonces solo le da el dedo y ella lo aprieta. Cynthia ya estaba viviendo ahí, ahora Harry hacía sus llamadas desde la sala y no en el cuarto, para no molestar a la bebé. En eso tocan la puerta y Cynthia abre. Era Eva, se habían hecho amigas ella y Cynthia y ella le daba consejos sobre el embarazo. Pasa Eva, siéntate. Gracias nena. Que pasó? Nada, solo vine un rato. Ah perfecto, tenemos visita. Ah, quién? Es Aldo. Vaya, Aldo, deja lo saludo. Aldo cómo te va? Eva, que bueno verte! bien aquí, visitando a los amigos. Si. Y sigue todo normal, platicando x temas. pasan 40 minutos, Eva se retira y en eso Aldo también decide irse.

Faltaba poco para que Eva diera a luz, ya batallaba para caminar y estaba en reposo. No dejó la universidad ni nada, solo pidió un permiso de maternidad para poder faltar un par de semanas antes y después del parto. Sus amigas estaban presentes, la visitaban cada rato antes y después de la universidad, le llevaban los apuntes y platicaban de todo un poco.

De repente se siente mal y la tienen que llevar al hospital. El bebé (O los bebés) Se le habían adelantado. Ella nunca quiso saber ni el sexo ni nada, prefirió mantenerlo sorpresa, y vaya sorpresa, eran gemelos. El padre tenía unos tíos gemelos, le pasó los genes. Todo salió bien, ella lloraba de emoción y desesperación a la vez. Aldo fue al hospital a verla y ahí encontró a sus amigas, las mismas de la noche del baile. Thalía, Roberta y Mía. Estaban ahí esperando poder entrar a verla y en eso suena el celular de Mía. Ya te dije que no diré nada, si no estuviste todo este tiempo, ni te molestes en preguntar ahora! y cuelga. Thalía: Ese desgraciado. Roberta: No lo peles, nos tiene a nosotros y a, como dices que te llamas? Aldo. Si, nos tiene a nosotros y aquí a Aldo. Ya sale el médico y busca a la familia de Eva. La mamá acababa de llegar, no pudo salir antes de trabajar, a pesar que insistió mucho. Dejan pasar primero a la señora, ellos siguen esperando en la sala. La señora abraza a Eva y ella lo recibe como buena señal, le dice que tiene suerte de tener tan buenos amigos, que Thalía, Roberta, Mía y Aldo están afuera esperando. Sonríe y le da la mano a su mamá. Ninguna de las 2 sabe que decir, Eva solo dice: Gracias. Ya sabes hija, a pesar de todo aquí estamos. Solo nos dieron media hora de visita, les diré que pasen a verte. Si mamá. Ok, ya vengo.

Sale a la sala y les dice que pasen. Entran y está Eva con una cara llorosa y se le ve bastante repuesta. La abrazan y besan las amigas, Aldo le da la mano y le toca la cabeza, la señora está parada junto a la puerta con una sonrisa. Roberta: Estuvimos buen rato afuera y luego nos dicen que sólo media hora, no se vale. No te preocupes, ya que salga hay todo el tiempo del mundo. Eso si. Amiga, amiga, amiga, dijo Thalía. Como te quiero bobis y se le acerca casi subiéndose a la cama. En eso llega el doctor y les pide que se retiren. Todos la abrazan y la besan. Las chicas se quedan, Aldo y la mamá se retiran. La mamá tenía que volver al trabajo, solo le dieron un rato libre. Aldo tenía que ir con Susy. El doctor lleva a los bebés con Eva a que les de de comer y ahí está, sin saber como acomodarlos, una enfermera va y la ayuda las primeras veces, dándole consejos. Pobre Aldo, ahora se la mantiene de hospital en hospital, al día siguiente tenía que ir a su hospital a hacerse unos análisis de sangre y orina, para ver como sigue de su condición anémica. Y al siguiente, ir con el médico para ver si continúa con su tratamiento o no.

En su análisis todo salió bien, el médico le dijo que siguiera con esas cápsulas y una dieta variada como la lleva, que si podía seguir con ligeros mareos, pero es normal, por que se está recuperando y al subir el nivel de sangre, pues se desestabiliza un poco. Que no lo tomara como debilidad. Todo buenas noticias, cuando le comentó lo de la contusión, dijo que hizo bien en preguntar por las pastillas que le recetaban, por que en definitiva no son compatibles con problemas en circulación. Lo de los masajes estuvo muy bien, de hecho, lo sentó en la camilla y lo tocó del costado para ver como iba. No sintió nada inflamado, ni un pequeño bulto, le tocó hasta las costillas y Aldo no le dolió nada. Ya estás, pero no te confíes, sigue sin cargar cosas ni agacharte mucho, por que todavía puede haber resentimientos. Ya se retira del lugar y se va contento. Se va de nuevo al mall.

Fue a hacer unas compras para lo de su boda, tenía unos encargos pedidos y fue a recogerlos, también a comprar su traje a liverpool. Se pone a mirar los diferentes diseños, sentir las telas, se midió como 15 trajes diferentes y por fin lo encontró. Luego se puso a buscar una linda corbata, se estuvo probando todas las que tenían, duró como 3 horas en esa área viendo y probándose todo. Al final solo compró el traje y los encargos. Los zapatos y corbatas mejor se fue frente a plaza galerías en D'Talamantes y ahí si encontró lo que buscaba, hasta las mancuernas. Susy estaba igual, se fue a la pascualita y a otras tiendas a ver vestidos, pero no se decidía y mejor se mandó hacer uno. Lo hizo mas bien por las telas, que en el tiempo que se lo midiera y fuera la boda, la pansa iba a crecer y no le iba a quedar. Se lo mandó hacer liso, sin mangas, tirante ancho, escote en v y con la tela de la pansa elástica. Eligió un lindo brochecito para poner en la junta del escote para que no se viera tan plano. El velo era también liso, pero la tiara tenía pedrería como la del brochecito del escote. Las sandalias, como no debía usar tacón, fue a Wee flops y se compró unas flip flops con sus strips en color nude y estuvo ahí viendo una manera de amarrarlas que se viera linda, como sandalia formal, pero sin tacón. También fue a ver esmaltes y cosas para arreglarse los pies y las manos, no fue al salón, por que los olores son muy fuertes, lo hizo desde casa. Para arreglarse los pies, usó exfoliantes, limas, y pinzas para los vellos. Se cortó, limó y pintó las uñas en un tono gris claro mate y le puso un coat de puntitos plateados. Suena mal, pero se veía muy bonito. Las manos igual, se quitó los vellos, se limó, quitó cutículas y se las arregló redondas en tono nude con el coat transparente. Para el maquillaje, Mari, su mejor amiga la ayudó y su otra amiga Alma la ayudó a peinarse, a eso se dedicaba. Duraron 3 días haciendo diferentes peinados y maquillajes, hasta que encontraron el adecuado. Era un medio chongo, con lo que quedaba de cabello suelto lacio y una trenza atravezada por atrás, con un poco de volúmen en la parte de enfrente. El maquillaje era muy suave, con delineador gris, sin sombra, rímel, blush melocotón, labios en tono nude berry.

Aldo fue a su estética y se cortó el cabello y estuvo viendo también algunos peinados y formas de fijarlo sin que se notara aplastado. Le recomendaron una pasta fijadora que lo deja suave, manejable y sin el brillo típico de un fijador. Se afeitó y se puso su loción para después de afeitar de Calvin Klein. Ya todo está listo, padrinos, madrinas, invitaciones enviadas (Eran muy pocos invitados) ya habían hecho el shower y baby shower de Susy. De hecho, Cynthia, Eva y Susy hicieron el baby shower juntas, hubo muchos regalos en especie y en efectivo, fue una gran fiesta, con todas las amigas de las 3, mas sus familias. Fue en el mismo restaurante donde la fiesta de Aldo. Pasa la tarde y llega el día de la despedida de soltero y soltera.

Con Susy, fue en su casa, Eleazar y la señora le dejan la casa y se van a un hotel. Antes de irse, ayudaron a decorar la casa y llevaron botanas y bebidas. Mari ayudó a traer otras cosas y la "sorpresa". Alma llevó música: Katy Perry, Taylor Swift, Juanes, One Direction, Adele, un par de discos de música bailable variada, incluyendo unas norteña banda, rock, electro pop, y uno con múisca oldie variada: Jeans, Kabah, Onda vaselina, etc. También unos accesorios para hacer juegos de despedida: Ligueros, tangas y brasieres. Otras amigas llevaron otras cosas y algunos regalos de boda. La despedida no fue nada del otro mundo, música, plática, jugaron con un gran dado y daban como premio lo que llevó Alma. De repente tocan la puerta y un par de hombres vestidos de oficiales llegan y hacen su show. Se quedan y todos excepto Susy, beben y comen.

La despedida de Aldo fue en casa de Omar, ya que el también vivía solo. Ahí entre el y Jorge, decoraron con posters de muchachas en bikinis, compraron unos vasos tequileros con asas en formas sensuales. Harry llevó la música: country, el favorito de Aldo, electónica actual, y otro poco de rock clásico (Gusana ciega, Enanitos verdes, Moenia, Guns and roses, Metallica, hasta Rob Thomas y Brian Adams). Ernesto y su novio fueron los encargados de las bebidas, ya que su novio había sido barman en uno de los bares populares. Aldo fue al Sunset y pidió favores para que le hicieran unas cubetas de camarón en matequilla de ajo y unas quesadillas y se las llevaran a domicilio, le salió bastante caro, pero así lo quiso hacer. Ellos no llevaron show de mujeres, solo se estuvieron ellos, junto con otros 4 amigos mas, relax.

Al día siguiente, Aldo y Susy estaban nerviosos, sobretodo por los preparativos, se aseguraron que todo estuviera bien. Ya la iglesia decorada, el salón listo, comida-bebida listo, madrinas y padrinos se estaban arreglando. Alma y Mary ayudan a Susy a maquillarse y peinarse como lo descrito anteriormente, se pone su vestido al final, para no ensuciarlo o arrugarlo. Harry y Jorge en casa de Aldo, se visten, peinan y le dan su apoyo. Aldo se peina con el fijador nuevo, se pone su Calvin y se lava como 3 veces los dientes, con enjuague y todo. Ya salen a la iglesia y entran, aún no llegaba nadie, así que se sientan en la primera banca a esperar.

Comienzan a llegar algunos invitados, amigos de Susy y los padres de Aldo. Se abrazan y se sientan junto a él, se quedan serios y la mamá quiere llorar, pero no le sale.

Ya la iglesia estaba casi llena, aparte de los invitados, otras personas civiles van a rezar. De repente suena la música del órgano y se ve entrar a Susy, Aldo se para nervioso, se frota las manos y mira lo hermosa que estaba. Alma y Mari iban detrás de Susy, Eleazar la llevaba del brazo derecho y la mamá del brazo izquierdo. Harry y Jorge se levantan también y se acomodan enseguida a la izquierda de Aldo, Susy llega al altar, Mari y Alma se acomodan al lado derecho de Susy. Sus padres se sientan junto a los de Aldo, se saludan de mano y las señoras se miran con cara de emoción. El padre da su discurso, dicen el sí, acepto y todos se paran y aplauden, mientras ellos salen directo a casa de Aldo para alistarse para el salón.

El evento fue muy bonito, baile, cena y una hermosa decoración (Clásico country con un toque elegante de rosas blancas, centros de mesa de vidrio, con una rosa enmedio flotando en resina transparente con piedras de mar y las paredes cubiertas con cortinas gris metálico). Pasa el evento y todos se retiran, ellos se van a casa de Aldo y ahí pasan su primera noche, luego se van a Puerto peñasco a pasar su luna de miel.

Estaban dando un paseo por la playa, cuando Susy se siente mal, era por que estaba a punto de dar a luz, se le adelantó unas semanas. Aldo le ayuda a llegar al auto, van a la clínica y ahí tiene a su hermoso niño. Aldo se pone a llorar de emoción y miraba y miraba a Susy, ella también rompe en llanto, se abrazan y se quedan dormidos en la cama de la clínica. Llega la enfermera, los despierta y saca a Aldo para que le de de comer al bebé y esté un rato con ella. Pasan 2 días y ya salen de la clínica. No saben bien como hacer, ya que todo lo tenían en la casa. Se ponen a platicar del asunto afuera de la clínica y ahí conocen a Abdul y Ana, que desinteresadamente les ofrecen su ayuda. Ellos al principio se sienten incómodos, pero igual aceptan. Ana va y compra pañales y 2 cobertores y Abdul hace un tipo moisés con sus manos. Lo llevan a su hotel y ahí se están un rato, platicando y conociéndose. Por la noche Aldo, Susy y Alexander, van a cenar a casa de Ana y Abdul. preparan una campechana con tostadas, y unas quijaditas de cochito, comida típica de la zona.

Se hacen amigos y el día que se regresan ya a casa, Abdul les da unas tortillas sobaqueras.

Regresando a casa. Susy llama a los padres de Aldo Dionisio, para decir a que hora llegan y que los esperen en casa. Llegan y como Aldo dejó a su padre las llaves de su casa, solo entran y ellos estaban ahí en la cocina. Se sorprenden mucho al ver a Susy sin pansa y el bebé en brazos. La señora los abraza y carga al bebé. En eso Aldo toma el teléfono que estaba pegado a la pared y llama a Harry para decirle que ya estaba ahí. Sale en cuanto puede para ver cómo le había ido a su budy en su luna de miel. Mientras Aldo habla y Harry llega, Susy les cuenta a sus suegros de cómo Ana y Abdul los apoyan con su bebé y su viaje. Ellos felices, escuchando sus aventuras, pero se preocuparon un poco por el hecho que se adelantara el parto, lo bueno fue que todo salió bien. Aldo se une a la plática y comenta lo diferente y rico que es la comida sonorense, sobretodo las tortillas. Dijo de los burros longos, que eran como los de medio metro de el Paliacate, pero sus tortillas de harina eran diferentes. Harry estaba bajando de su auto, cuando ve que van llegando Eleazar y su señora, se espera a que bajen del auto para entrar todos juntos.

Pasan la tarde todos juntos, hablando de todo un poco, Aldo les da unos pequeños obsequios que compró en el malecón de Peñasco, eran artesanías y caracoles. Ya pasan unos días y todo vuelve a la normalidad, excepto que Susy estaba de baja por maternidad en Feles, pero Aldo si tenía que asistir a trabajar como normalmente.

Cuando Alexander tiene un par de meses, Susy lo lleva a conocer a sus primos los gemelos Luis y Carlos y la nena Sofía. Las 3 señoras se ponen a tomar el café mientras los bebés están dormidos juntos en el sofá, lleno de cojines. Todo ocurre normal, ya todos con sus respectivas familias, Ernesto y su novio estaban pensando en casarse, y también Harry pensaba la forma de pedirle matrimonio a Cynthia. Por su lado, Eva acababa de conocer a un chico que se mostraba decente, pero no quería adelantar nada y estaba atenta y con calma.

Y como todo final, todos felices y contentos.

Printed in the United States
By Bookmasters